KB041885

창비시선 0100

詩가 오셨다

시작시인선 0100
詩가 오셨다

찍은날 | 2008년 5월 25일
펴낸날 | 2008년 5월 30일

지은이 | 강경주 외
엮은이 | 편집위원
펴낸이 | 김태석
펴낸곳 | (주)천년의시작
등록번호 | 제300-2006-9호
등록일자 | 2006년 1월 10일

주소 | (우121-883) 서울시 마포구 합정동 355-24 4층
전화 | 02-723-8668
팩스 | 02-723-8630
홈페이지 | www.poempoem.com
전자우편 | poemsijak@hanmail.net

ⓒ강경주 외, 2008. printed in Seoul, Korea

ISBN 978-89-6021-060-8 03810

값 7,000원

• 잘못된 책은 바꾸어드립니다.
• 지은이와의 협의에 의해 인지는 생략합니다.

詩가 오셨다

편집위원(이재무 이형권 유성호 김춘식 홍용희) 엮음

2008

'시작시인선'의 발간을 시작한 지 만 6년의 세월이 흘렀다. 그 사이에 우리는 벌써 아흔 아홉 채의 집을 갖게 되었다. 집집마다 아름다운 영혼의 거처를 마련하고 있으니 우리는 이만저만한 부자가 아닐 수 없다. 첫 시집의 문패는 『즐거운 시작』이었다. 2002년, 젊은 시인 61인이 합동으로 지은 이 집에서부터 시작(詩作)의 역사는 시작(始作)되었다. 이후 우리는 우리시의 새로운 성과를 이루고 개성적인 좌표를 설정하려고 부단히 노력해 왔다.

그동안 발간된 '시작시인선' 가운데 한국문화예술위원회 우수도서로 선정된 것이 21건, 각종 문학상을 수상한 것이 22건에 이른다. 우수도서 제도가 시행되기 이전의 시집 20여 권을 제외하면 '시작시인선'의 이름으로 발간한 시집의 절반 이상이 시단 안팎에서 그 우수성을 입증 받은 셈이다. 우리는 물론 이런 외형적인 평가에만 방점을 찍어두고 싶지는 않다. 정녕 중요한 것은 우리가 지은 집에 깃들었던 수많은 독자들이 보내준 애틋한 감동의 표정이다. 그 표정을 생각하면서 앞으로도 더 치열한 마음과 가차 없는 양심의 손으로 시의 집을 계속 지으려 한다.

오늘, 우리는 마침내 백 번째 집에 문패를 건다. 이 집은 위아래의 대통들을 이어주는 대나무의 결절처럼, 이미 지어진 집들과 앞으로 지어질 집들을 이어주는 단단한 가교 역할을 할 것이다. 지금까지 따뜻한 사랑을 보내주신 독자 여러분들께 마음 깊이 감사드리며 앞으로도 변함없는 관심과 성원을 보내주시기 바란다. 아흔 아홉 채의 집에 직접 참여하고 또 이번 백 번째 사화집을 위해 옥고를 보내주신 시인분들께 고마운 마음을 전한다. 부디 이 집의 완공이 우리 시대의 아름다운 사건으로 호명되기를 바랄 뿐이다.

그래! 다시, 즐거운 시작(始作/詩作)이다.

2008년 5월
편집위원 일동

■ 차 례

■ 서문

9

수애당(水涯堂)

강 경 주

물줄기가 흐르다 끊어지는 곳
절벽이다
절벽은 흘러가면서 숨을 쉬는 것
절벽은 쏟아지면서 이야기하는 것
단 하루만의
한평생 동안의 그 모든 낭떠러지들이 한꺼번에
쏟아지면서
세워놓은 집
마지막 깊은 숨을 몰아쉬는 거기
긴긴 이야기가 다 끝나가는 거기
비늘처럼 반짝이며
수애당은 있다

물은 물에 잠기지 않는 것
수직이 아닌
수평으로 낮게 낮게 끊어지는 절벽은 없다
물기둥 위에 세워진
물기와 위에 얹혀 있는
단 하루만의

한평생 동안의 그 모든 낭떠러지들
수애당은 지금 조금씩 가라앉고 있다
떠오르고 있다

나무의 정신

강 경 호

죽은 나무일지라도
천년을 사는 고사목처럼
나무는 눕지 않는 정신을 가지고 있다.

내 서재의 책들은
나무였을 적의 기억으로
제각기 이름 하나씩 갖고
책꽂이에 서 있다.

누렇게 변한 책 속에
압축된 누군가의 일생을
나는 좀처럼 갉아 먹는다.
나무는 죽어서도
이처럼 사색을 한다.

숲이 무성한 내 서재에서는
오래 전의 바람소리, 새소리 들린다.

참 긴 말

강 미 정

일손을 놓고 해지는 것을 보다가
저녁 어스름과 친한 말이 무엇일까 생각했다
저녁 어스름, 이건 참 긴 말이리
엄마 언제 와? 묻는 말처럼
공복의 배고픔이 느껴지는 말이리
마른 입술이 움푹 꺼져 있는 숟가락을 핥아내는 소리같
이
죽을 때까지 절망도 모르는 말이리
이불 속 천길 뜨거운 낭떠러지로 까무러지며 듣는
의자를 받치고 서서 일곱 살 붉은 손이
숟가락으로 자그락자그락
움푹한 냄비 속을 젓고 있는 아득한 말이리
잘 있냐? 병 앓고 일어난 어머니가 느린 어조로
안부를 물어오는 깊고 고요한 꽃그늘 같은 말이리
해는 지고 어둑어둑한 밤이 와서
저녁 어스름을 다 꺼뜨리며 데리고 가는
저 멀리 너무 멀리 떨어져 있는 집
괜찮아요, 괜찮아요 화르르 핀 꽃처럼
소리 없이 우는 울음을 가진 말이리

시간이 너무 오래 걸리는 저녁 밥상 앞
자꾸 자꾸 자라고 있는 너무 오래 이어지고 있는
엄마 언제 와? 엄마, 엄마라고 불리는 참 긴 이 말
겨울 냇가에서 맨손으로 씻어내는 빨랫감처럼
손이 곱는 말이리 참 아린 말이리

햇발국수나 말아볼까

고　영

가늘고 고운 햇발이 내린다
햇발만 보면 자꾸 문밖으로 뛰쳐나가고 싶다
종일 들판을 헤집고 다니는 꼴을 보고
동네 어른들은 천둥벌거숭이 자식이라 흉을 볼 테지만
흥! 뭐 어때,
온몸에 햇발을 쬐며 누워 있다가
햇발 고운 가락을 가만가만 손가락으로 말아가다 보면
햇발이 국숫발 같다는 느낌,
일 년 내내 해만 뜨면 좋겠다고 중얼거리면
그럼 모든 것이 타 죽어 죽도 밥도 먹지 못할 거라고
지나가는 참새들은 조잘거렸지만
흥! 뭐 어때,
장터에 나간 엄마의 언 볼도 말랑말랑
눈 덮인 아버지 무덤도 말랑말랑
감옥 간 큰형의 성질머리도 말랑말랑
내 잠지도 말랑말랑
그렇게 다들 모여 햇발국수 한 그릇씩 먹을 수만 있다면
눈밭에라도 나가
겨울이 되면 더 귀해지는 햇발국수를

손가락 마디마디 말아
온 세상 슬픔들에게 나눠줄 수만 있다면
반짝이는 눈물도 말랑말랑
시린 꿈도 말랑말랑

공기의 아이

고 현 정

실리콘으로 만든 여자아이 인형, 이보나
이보나의 몸에 탯줄로 이어진 손잡이로 펌프질을 한다
스멀스멀 부풀어오르는 그녀의 배
사방에 설치된 스크린에 나타나는 빛의 영상들
부풀어오른 배를 손가락으로 누르자 공기의 아이가 튀어
나온다
"고마워요. 세 번 고마워요." 공기의 아이가 금속성의 목
소리로 말한다
나는 공기의 아이와 차를 마시고 책을 읽는다
공기의 아이는 곧 사라져 버린다
서리가 앉은 사과를 다시 생각한다
아직은 견딜 만해. 만연해 있는 인형놀이인걸
색색의 램프가 거리에 켜지기 시작하는 시간이다
도시의 나무들이 내 방으로 숨어 들어왔다
나무에 걸린 작은 전깃불들이 창문 너머로 수직의 빗물
을 받아들인다
기억 속의 얼굴을 떠올리며 다시 이보나의 배를 펌프질
한다
가벼운 영혼, 실리콘으로 만들어진 그녀가 한 번이라도

미래를 보여줄까?

　창백하거나, 검푸르거나, 감각이 없거나, 예민하거나.

　공기의 아이가 금속성의 소리와 함께 불쑥 튀어나오며
말한다

　"고마워요. 네 번 고마워요." 일관성이 있어. 무시무시한
일관성

　닫힌 상자 안 우리는 알고 있는 걸까?

　생을 견디게 만드는 작은 술수. 나는 진흙과 꿈으로 빚어
진 미물

　우리의 관계는 국화가 필 때까지는 계속될 것이다

행복한 무지

권 영 준

배추밭의 배추벌레 가족은
배추살을 파 따스한 집을 짓고
행복하다
넓은 배추잎 뒤에 숨어
장난치며 노는 배추벌레 아이들도 짓궂고
연둣빛 잎사귀이불을 덮고
잠든 배내옷애기벌레도
밤새내 행복하다
두간모옥이라도 되는 듯
어리석은 이의 삶이
영악한 자의 빵보다
행복하다
첫서리가 내리기 전
통째 뽑혀 절여지리라는 걸
아는 아빠벌레만
주름이 깊다

우리 식구는 벌레의 집을 버무려먹고
무지무지 행복하다

해금을 듣다

권 현 형

한계령 지나며 해금을 듣는다
사이다 맛이 난다, 톡 쏘는 전율
단풍놀이 가서 사이다 병에 담아온 약수로
지어주신 외할머니의 약밥도 혀끝이 아렸다
밥이 파르스름했다 비췻빛이었다

처서가 지나면 추운 북쪽 나무들은
피를 식힌다 얼지 않으려고
물을 뿌리 쪽으로 내려 몸을 말린다
장구채를 잡았던 섬세한 손가락을
찬 물에 개숫물에 담가
더운 피를 식혔던 외할머니처럼

야윌 대로 야윈 자작나무는 때로
먼 남쪽까지 날아가 그림 속 말이 된다
그러니까 경주 천마총의 천마(天馬)는
자작나무 흰 껍질에 아로새긴 화공의 꿈이기도 하고
신라 여자의 꿈이기도 하고

어떤 꿈들은 다른 시공을 포개 만나기도 한다
마른 몸은 잘 타므로, 눈밭에 불을 지르기도 하므로
자작나무는 몸이 식어가는 파르티잔들에게
뜨거운 심장을 내주기도 한다

겨울 한계령을 지나며 해금을 듣는다
영원히 등을 눕히지 못하는
천마들의 활대질, 늑골을 켜는 바람소리가 아프다

어미를 먹은 기억

길 상 호

고구마에 싹이 돋았다
물 한 방울 없는 자루 속
썩은 내 풍기는 저 무덤 속에서
새파랗게 싹은
잘도 자랐다,
탯줄을 자르기 전
어미를 먹고 자라던 기억이
나에게도 있다

다시 보길도에서 말하다

김 경 삼

우리는, 모른다 바다의 노래를
어둠 속에서도 끊임없이 출렁이는 바다의 언어를
따뜻한 아랫목에 발 뻗고 누운 사람들은
짐짓 모른다 어둠에 가려져 떨고 있는 그의 몸짓이
결코 가장질이 아니라 미더운 그의 몸부림이라는 것을,
바다는 눈물 같은 물보라를 흩뿌리며 우리를 향해
하염없이 다가오려 하지만 우리는
일렁이는 그의 알몸 위로 비친
달이나 구름을 바라보며 소주잔이나 기울일 뿐
하얗게 뻗은 백사장의 누드나 떠올릴 뿐
바다가 밤새 추위와 된바람의 고통에 시달린다는 것을
모른다
내항선이 뱃구레를 가르며 지나가는 한밤중에도
바다는 다만 몇 다발의 희디흰 상처만 게워 올릴 뿐
위태롭게 가물거리는 마상이를 오히려 뭍 가까이 끌어올
리려
잠 못 들고 있다는 사실을
우리는 너무나 모른다
어둠 속에서 바다는 아픔을 인내한다 바다는 언제나

어둠을 끌어안으며 투명한 노래를 풀어놓는다
서둘러 새벽에 일어나 해안선 가까이 걸어가 보면
밤새 시달린 그의 몸으로부터
영롱한 아침이 건져 올려졌다는 사실을
우리는 당연하다는 듯 모르고 있지만
그 환한 아침을 위해
가녀린 해초와 하찮은 말미잘 그리고 사팔뜨기 같은 가
자미마저도
밤새 출렁거렸다는 것을
우리는 너무나 모른다

여물 끓이는 소리

김 금 용

뜨끈하게 끓였으니 많이 먹게, 한 겨울
잘 먹고 쉬어야 내년 봄 다시 일 나가지
하얀 김 뿜어내며 기분 좋은 듯
눈 한 번 껌벅이며 먹기 바쁜 누렁이소
할아버지랑 말씀 나누시는 줄 알았다
돌아가신 할아버지를 닮았다

여든 살 할머니가 소죽을 쑤신다
동이 트기도 전에 제일 먼저 일어나
가마솥에 물을 붓고 마른 볏짚과
콩 줄기 듬뿍 넣고 여물을 끓인다
더 구부러질 게 없는 허리를 잔뜩
굽히고 지게 한 짐 풀어 불을 지핀다

싸락눈 지분거리는 산골의 새벽 속으로
달그락달그락 가마솥 뚜껑 여닫는 소리
구수한 여물 냄새랑 할머니 옥양목 치마
서걱대는 소리, 누렁이에게 속삭이는 목소리
지금까지도 달콤한 새벽잠을 흩어놓는다

여든 살 할머니가 소죽을 쑤신다

바닥론(論)

나는 바닥이 좋다.
바닥만 보면 자꾸 드러눕고 싶어진다.
바닥난 내 정신의 단면을 들킨 것만 같아 민망하지만
바닥에 누워 책을 보고 있으면
바닥에 누워서 신문을 보고 있으면
나와 바닥이 점점 한 몸을 이루어가는 것 같다.
언젠가 침대를 등에 업고 외출했으면 좋겠다고 말하자
식구들은 내 게으름의 수위가 극에 달했다고 혀를 찼지
만
지인은 내 몸에 죽음이 가까이 온 것 아니냐고 염려했지
만
그 어느 날 내가 바닥에 잘 드러누운 덕분에 아이가 만들
어졌고
내 몸을 납작하게 깔았을 때 집 안에 평화가 오더라.
성수대교가 무너진 것도 삼풍백화점이 무너진 것도
알고 보면 모두 바닥이 부실해서 생겨난 일이다.
세상의 저변을 조용히 받치고 가는
바닥의 힘을 온 몸으로 전수받기 위하여
나는 매일 바닥에서 뒹군다.

섬

김 민 형

멀리서 기적이 왔네
항구에 닿을 무렵 안개에 싸였네
바람에 떠도는 이야기라고
아무도 믿지 않았지만
기적은 생각보다 먼저 왔다네
나중에 노래해야 할 슬픈 사랑도
미리 찾아와 파도쳤네

비밀정원

정원의 입구가 드러났다
입구 안에는 황금사과가 새벽의 어둠 속에서 빛났다
곧 사라질 신비를 향해 심장이 두근거렸고
발걸음을 멈춘 내 자아를 늙은 역사가 호기심으로 쳐다
보았다
늙은 역사가 내 뒤를 따르면 비밀은 새 이름을 지울 것이
분명했다
정원의 입구를 그냥 지나쳤다

정원으로 가는 길을 찾기 위해
나는 얼마나 많은 이정표를 들여다 보았던가
정원에 대한 소문과 단서를 찾아 도서관과 밀렵꾼들의
시장을
돌아다닌 구두의 낡음은 무엇으로 보상할 것인가
왕궁과 부자들의 울타리에서부터 은자들의 고졸(古拙)한
뜰에 이르기까지
정원의 설계도를 들여다 본 눈의 피로는
또 얼마인가

그 정원의 입구가 내 앞에 순간적으로 드러났다
나는 그 앞을 그냥 지나쳤다
황금사과에의 유혹이 여신을 향한 욕망처럼 갈증을 불러
일으켰다
입구는 안개처럼 왔다가 안개처럼 스러지는 새 이름이었
는데
늙은 역사가 담배를 피우며 죽음의 냄새를 풍겼으므로
나는 눈을 내리 깔은 채 정원의 입구를 지나쳤다

그 정원의 아름다움
비늘구름이 노을을 받아 거대한 봉새의 날개로 불타오르
는 변신이나
들판의 잡초였던 풀이 구절초의 꽃을 피워 올리는 둔갑
의 순간에서
잠깐 동안 모습을 드러내었던 비밀정원을 놓쳐버렸다
지식과 경험의 울타리에서 문지기로 사는 늙은 역사의
간섭 때문에
내 심장이 황금사과처럼 빛이 나는 피안을 질투한
죽음의 훼방 때문에

난생처음 봄

김 병 호

풀 먹인 홑청 같은 봄날
베란다 볕 고른 편에
아이의 신발을 말리면
새로 돋은 연두빛 햇살들
자박자박 걸어 들어와
송사리떼처럼 출렁거린다

간지러웠을까

통유리 이편에서 꽃잠을 자던 아이가
기지개를 켜자
내 엄지발가락 하나가 채 들어갈까 말까한
아이의 보행기 신발에
봄물이 진다

한때 내 죄가 저리 가벼운 때가 있었다

시인 앨범 3

─ 도둑맞은 시

김 상 미

벽시계가 새벽 3시를 치면
여기저기에서 도둑들이 깨어난다
새벽 3시는 도둑들이 가장 좋아하는 시각
대로는 텅 비어 있고
새벽일 하러 나가는 사람들조차 단잠에 빠진 시각

그들은 유유히 내 방으로 들어와
잠든 내 몸을 뒤적인다
표현의 절대자유가 있는 나라
대한민국 시인의 몸을 이리저리 수색한다
그들의 목표는 단 하나
시를 훔치는 것
훔친 시로 황금의 혀를 만드는 것

그들 중엔 내가 아는 얼굴들도 있다
〈조물주나 되는 듯 폼을 잡고, 마음에 바퀴벌레를 키우
는, 도서관의 쥐새끼 같은 시인들, 시에 색안경을 끼우고,
망토와 칼을 차게 하고, 유난히 챙이 큰 모자를 씌운 시인
들〉

니까노르 빠라가 「선언문 낭독」이란 시 속에 그들을 모
두 집어넣고
  재판에 회부해야 한다고 소리 높였던 시인들
  그들이 지금 니까노르 빠라조차 잠든 시간을 틈 타
  도둑고양이처럼 살금살금 내 방으로 쳐들어오고 있다

  좋은 생각은 입술에서 태어나지 않고
  심장의 심장에서 태어난다고 아무리 외쳐도
  이미 자욱한 안개가 천지를 뒤덮은 나라
  가슴을 활짝 열고는,
  눈과 머리에 아무것도 쓰지 않고는,
  도저히 살아낼 수 없는 나라
  그 나라의 가난한 한 시인의 방으로,
  그 시인의 뇌를 열어
  따끈따끈 데워진 시를 훔치기 위해
  새벽 3시, 일제히 깨어나는 도둑들

  그러나 아무리 훔친 시로 달콤한 황금의 혀를 쌓고 쌓아
도

도둑들이여, 오래오래 부싯돌에 부비고 담금질한

　　내 언어의 고통과 자유는 너희들 것이 아님을

　　시 쓰는 즐거움과 시 읽는 즐거움은 절대 모방할 수 없음

을

　　정의와 양심이 부재한 언어로 화덕같이 뜨거운 태양 묘

사할 수 없음을

　　사랑받지 못해 공허한 눈동자로 언어의 땅에 핀

　　신선한 제비꽃 한 송이도 꺾을 수 없음을

　　도둑들이여, 황금의 혀에 양 갈래 혀를 가진 자들이여!

콘크리트 키드

김 신 영

벽에서 향기가 난다
향기마다 바람에 실려
별밭으로 내려간다

어머니의 고향 같은 향기
내가 실려 갈 어느 바다 같은 향기
내 살이 콘크리트 향을 풍긴다
오래도록 콘크리트 속에 살아
콘크리트에 담긴 것이 내 생각이며
내 생각이 콘크리트처럼
단단하고 반듯한 길을 간다
하여, 매끈한 벽이 무너질 리 없다
벽을 닮은 내가 무너질 리 없다
백년을 가도 단단한 콘크리트를
무엇에 비길 수도 없다

하여, 내 인생은 콘크리트를 소망한다
백년이 가도 단단한 살을 소망한다

환상통(幻想痛)

김 신 용

새가 앉았다 떠난 자리, 가지가 가늘게 흔들리고 있다

나무도 환상통을 앓는 것일까?
몸의 수족들 중 어느 한 부분이 떨어져 나간 듯한, 그 상
처에서
끊임없이 통증이 베어 나오는 그 환상통,
살을 꼬집으면 멍이 들 듯 아픈데도, 갑자기 없어져 버린
듯한 날

한때,
지게는, 내 등에 접골된
뼈였다
木質의 단단한 이질감으로, 내 몸의 일부가 된
등뼈.

언젠가
그 지게를 부수어버렸을 때, 다시는 지지 않겠다고 돌로
내리치고 뒤돌아섰을 때
내 등은,

텅 빈 공터처럼 변해 있었다
그 공터에서는 쉬임없이 바람이 불어 왔다

그런 상실감일까? 새가 떠난 자리, 가지가 가늘게 떨리는
것은?

허리 굽은 할머니가 재활용 폐품을 담은 리어카를 끌고
골목길 끝으로 사라진다
발자국은 없고, 바퀴 자국만 선명한 골목길이 흔들린다

사는 일이, 저렇게 새가 앉았다 떠난 자리라면 얼마나 가
벼울까?

물끄러미 쳐다보고 있는 창 밖,

몸에 붙어 있는 것은 분명 팔과 다리이고, 또 그것은 분
명 몸에 붙어 있는데
사라져 버린 듯한 그 상처에서, 끝없이 통증이 스며 나오
는 것 같은 바람이 지나가고

새가 앉았다 떠난 자리, 가지가 가늘게 흔들리고 있다

라면의 흐름

김 언

우리는 라면으로 맺어진 우정을 냄비에 담아놓고 음미한
다.
누가 먼저 물어뜯을까 궁리하는 친구들이 침을 꼴깍 삼
키고
김이 모락모락 피어오르는 전운이 감도는 어느 섬나라의
일거수일투족을 감시하는 정찰기의 국적을 부러워한다.
잠수함이 먼 바다에서 먼 바다로 이동하는 사이 혹등고
래가
잠시 올라와서 포경선의 작살을 유유히 비웃고 지나가는
영화가 재방영되고 있다. 백사장의 시체는 한두 사람의
실수로
발견되지 않는다고 우연히 지나가는 방범대원이 술에 취
해서
늘어놓는 경험담을 누가 건져 먹을지 알 수 없는 뉴스만
계속 틀어놓고 있다. 영화는 지겨워지기 전에 끝나야 하
고
뉴스는 새로워지기 전에 계속 보도해야 한다는 게 나의
중론이라고
말하는 친구의 입 속으로 김치가 들어가고 국물이 들어

가고

　뱃속에서 여러 면발이 화해하고 있는 장면이 더부룩해서 미칠 지경이다.

　어떻게 국물이 끝내준다는 라면과 면발이 살아있다는 라면이

　한 냄비에서 같이 끓을 수가 있는가. 탈당하는 국회의원의 입술보다 더 불만스럽게 튀어나온 입술이

　한 젓가락씩 두 젓가락씩 우리들의 침을 섞는 냄비에 대해 할 말이 많다고

　젓가락을 놓는다. 영화가 거의 끝나갈 무렵이다.

　우리는 뉴스를 틀어놓고 그 영화의 마지막 포경선을 꺼억꺼억 소화시키는 고래를 상상한다. 기억이 맞다면

　기름에 떠 있는 면발은 모두 일곱 가닥. 세어보지 않아도

　설거지할 인간은 충분히 많다고 각자의 머릿속에서 머릿속으로

　고래 한 마리가 지나간다. 향유고래가 둥둥 떠 있다.

목어

김 영 준

물고기 그 빈 속에 들어가 눕고 싶네

내 육신으로 그 빈 속 모두 채워주고 싶네

그런 나로 인해 허기를 메운 물고기가
다시 쓸쓸해지는 모습 보고 싶네

그 빈 속 저장된 내 육신 몇 날이고 부패하여
물고기 기름으로 재생하거나
점점점 썩어드는 구더기 장맛쯤으로 남는 걸 보고 싶네

하여, 그 물고기 바람 데불고 하늘을 마구 날아다니는
그런 꿈 꾸고 싶네

나는 마침내 음속을 돌파했다

김 영 현

나는 마침내 음속을 돌파했다.
파열하는 무수한 소리들을 따돌린
이 고요
이 적요함
이 경지에 이르기 위해 나는 그동안 얼마나
무섭게 돌진을 해야 했던가.
예각을 세워
서로의 가슴의 쪼며
얼마나 많은 밤, 속도를 항진시키기 위해
투쟁해야 했던가.
어제 밤에도 나는 새벽이 가깝게
어두운 거리 지린내 가득한 골목에서
술을 마시고
우리들의 보상 없는 젊은 날의 열정과
부질없었던 사랑, 목적 없는 분노에 대해
목이 쉬도록 떠들고
떠들고, 떠들고, 떠들고,
떠들고,
또 떠들다가,

기어코 누군가와 싸움이 붙었다.

싸움은 언제나 음속의 경계면처럼 소란하기 마련이다.

고백컨대 나는 이 경지에 이르기 위해

참 많이도 달렸다.

너희들도 알다시피 나는 그동안, 그야말로, 정말이지, '좆나게'

달렸던 거디었다.

이 자본주의의 숨막히는 속도를

지탱하기 위해

새벽부터 밤까지,

밤부터 새벽까지,

때로는 엄숙하게,

때로는 비장하게,

때로는 굴욕적으로,

때로는 약간의 자기도취에 빠진 상태로,

그리하여 나는 오늘 아침 마침내 음속을 돌파하고야

말았던 거디었던 것이다.

이 고요,

이 적요함,

이 엄청난 침묵.
푸하하하하하하하하하하하하하하, 거리는
내 웃음소리조차
닿지 못하는
이 어마어마한 심연.

허공이 키우는 나무

김 완 하

새들의 가슴을 밟고
나뭇잎은 진다

허공의 벼랑을 타고
새들이 날아간 후,

또 하나의 허공이 열리고
그 곳을 따라서
나뭇잎은 날아간다

허공을 열어보니
나뭇잎이 쌓여 있다

새들이 날아간 쪽으로
나뭇가지는,
창을 연다

저물지 않는 발해 이야기

김 왕 노

  아버지 팔십 평생 들려준 이야기는 발해 이야기지요. 그
이야기 봄이면 목련으로 피어 밤이면 목련 그 환한 빛 속에
앉아 내 꾸겨진 마음을 곱게 다리기도 했습니다.
  목련 뚝뚝 지는 날이면 해마다 피었다 지는 발해 이야기
가 아쉬워 밤 깊어도 쉬 잠들지 못했습니다. 다시 한 번 발
해에 말 달리는 날 보고 싶다는 아버지 이야기가 저승 어디
에 목련으로 피었다가 뚝뚝 지는지 꽃 지는 소리가 늦은 잠
결에 들리기도 했습니다.
  아버지 팔십 평생 들려준 발해의 이야기가 늘 나와 함께
했습니다. 아버지는 발해 이야기를 한다고 푸르게 물든 입
술로 휘파람을 불기도 했습니다. 휘파람 소리를 듣고 피어
나는 별과 꽃의 머슴이 되어 새벽 물꼬를 보러 집 나서고
싶다 했습니다.
  난 발해 이야기를 누구에게 아버지처럼 도란도란 들려주
기 위해 내 촛불을 끄거나 강둑에 함께 앉아 본 적이 없는
데 아버지 들려준 발해 이야기가 봄이면 마당에 하얗게 피
어납니다. 내 컴컴했던 생이 다시 환해 옵니다.

  나도 이제 발해를 고집합니다.

임종 전 내 아버지도 자식이 빙 둘러 모인 것을 보고 안심한 듯 고개를 툭 저승 쪽으로 떨어뜨리셨지만 아버지 마지막 유언으로 발해의 이야기를 유장하게 풀어놓고 그 이야기 속에서 도란거리는 가족을 다시 보고 싶었을 겁니다. 귀에 못이 박혀 더 이상 아버지 이야기 못 듣겠다고 자리를 박차고 나간 성질 급한 셋째 동생이나 묵묵히 끝까지 다 들은 장남인 형이나 발해 이야기 앞에 늘 까칠했던 누나나 이제 아버지 발해 이야기를 어디 가 다시 들을 수 있을까요.

한때는 식자였던 아버지가 몸이 삭아 내릴수록 살아서 발해로 여행가고 싶다던 간절한 말씀이 마지막 유언이 되어 귓가에 맴돕니다. 발해의 그 넓은 땅이면 이 나라 식구 다 먹여 살릴 수 있다는 발해 그 광활한 들녘에 말을 놓아 먹인다면 이 세상 그 무엇 하나 두려울 게 없다는 아버지 말씀이 아버지 시든 몸에서 몇 방울 오줌방울로 똑똑 떨어질 때 내 눈시울이 젖어왔습니다. 아버지 저도 깊고 긴 겨울밤이면 오줌보에 가득 차오르는 발해의 그리움이 내게 유전된 줄 압니다.

아버지, 오늘 하늘이 참 맑습니다.

아버지 저승서 발해 쪽으로 나들이 가셨는지 아버지 옷

자락 나부끼는 소리 바람에 끝없이 실려 옵니다.

동백 낙화(落花)

김 은 숙

그렇게 뚝 뚝
붉은 울음으로 한숨으로
함부로 고개 꺾는 통곡인 줄 알았으나

어디에도 기댈 곳 없는 심장이 멎는 것
간밤 지독했던 영혼의 신열 지상에 뿌리며
골똘했던 스스로를 기꺼이 참수하여
한 생애 온전히 투신하는 것이다
그리 뜨겁지 못했던 날들의 치욕
더 단단해야 했던 시간의 꽃술 씁쓸할 뿐이어서
간신히 머금고 있던 노란 숨 놓으며
이승의 마지막 꽃잎까지 불을 놓아
까맣게 태우고 싶은 것이다
무너지고 싶은 것이다 무참히
캄캄한 생애 건너고 싶은 것이다

오래 익힌 화농(化膿) 깊숙이 묻으며
어쩌면 저 붉은 물 스며들어
환한 하늘뿌리에 홀연히 닿을 것이다

수련은 피고름 위에 떠 있네

김은정

속이 상한다는 말에 대하여
속이 썩는다는 말에 대하여
이미 온갖 정의가 있다 할지라도
나의 정의는 어머니의 내부를 보며
다시 시작한다

이제 어머니는 속이 다 상하셨다
손에 잡히지도 않는 미세한 것들이 얼마나 힘이 센지
눈에 보이지도 않는 자그마한 것들이 얼마나 끈질긴지
그것들이 들어와 뭉개놓은 어머니의 내부
내가 속상해 속상해 할 때마다
내 속이 상하는 이상의 이상으로 어머니 속이 상했는지
이제 어머니의 내용은 피고름이기만 하다

실패 사례를 굴비처럼 엮어서
이 벽에 걸었다가 저 벽에 걸었다가
그것도 모자라 그 안의 양분으로 또 무언가를 준비하는
나의 노래를 들을 때마다
새롭게 기운을 차리시느라 너무 많이 용을 쓰셨다

간이 농해 내렸고 농한 자리마다 박혀있는 돌들이 운다

간이 아프다는 말
애간장이 녹는다는 말
모두 너무 함부로 쏜 화살이었다
어머니는 그런 화살을 아무에게도 쏘지 않고
스스로 화살통인 채 꽃으로 곪으셨는가

어머니의 간은 수련처럼 피고름 위에 떠 있다

거리의 기타리스트

길거리의 여자는 기타를 껴안고 있다 젖통을 밀어 넣을
기세다 어떻게든 기타를 울려 구걸해야 한다 비가 오기 시
작하면 더 조급해진다 기타의 성기는 소리이므로 딸을 걸
어차기 시작한다.

착지가 서툰 빗줄기는 보도블록에 닿자마자 발목을 부러
뜨렸다 비가 지하도를 기어간다 질질 끌려간다 난폭한 여
자의 팔에 기타가 매달려 있다 걸을 수 없는 조건을 가졌다

담배를 물려다 말고 여자가 소리를 만지작거린다 기타는
여자를 경멸하므로 여자를 허용한다 자라지도 않고 떨림
도 없는 기타의 성기에는 매듭과 줄이 있다

스무 장의 신문지와 스물 한 개의 철근이 뒹구는 지하실
이다 팔백 해리의 슬픔과 팔백 해리의 공복과 백만 마일의
바퀴벌레도 늘어나는 것이 죄인 줄 안다

기타리스트는 딸을 안고 있다 다시 보면 기타가 여자를
껴안고 있는 자세다 기타는 기타리스트의 목을 조르고 있
다 죽을까 말까 망설이느라 성장을 못한 딸의 손목이다

잔느 아브릴의 어머니는 딸에게 매춘을 강요했으며 기타
처럼 모성이란 다양한 것이다 여자는 얼떨결에 기타를 갖
게 되었다 여자는 기타를 동반하여 계단을 굴러가고 난간

을 넘어가 세상을 추락한다 놀랍게도 어떤 모성은 잔인한
과대망상이다

　기타는 기타케이스 안으로 기타리스트를 밀어 넣는다

고천암호 갈대밭에서
― 어린 왕자를 위하여

김 재 석

1

어린 왕자가 철새들의 이동을 이용하여 그의 별을 빠져
나왔다면, 왜 하필 철새들은 그를 사막에 내려놨을까?

어린 왕자가 그의 별 B-612로 돌아갈 때는, 왜 철새들을
이용하지 않고 노란 뱀에게 몸을 맡겼을까?

라는 의문이 나를 붙들고 늘어진 날. 철새들과 뱀을 만나
러 고천암호 갈대밭에 내 뒤를 밟은 낮달과 함께 도착하자
마자 물의 등을 활주로 삼은

가창오리떼.

누가
하늘호수에
그물을 던졌다 당겼다 하는가?

하늘호수를 유영하는
별들을 무더기로 잡으려
저 큰 그물을 던졌다 당겼다 하는가?

한 번 물면 누구든 흙으로 돌아가는 뱀. 그 뱀의 은신처를 물을 겨를도 없이 무엇 하러 왔느냐, 다그치는 황금빛 머리의
　　갈대들.

　— 별 B-612로 돌아간
　어린 왕자의 안부가 궁금해서지.
　지구에서 함께 간
　어린 양이 꽃을 먹어버릴까 걱정돼서지.

　나의 대답을 알아듣지 못한 갈대들이 뭔 말인가 고개를 갸우뚱거리는 사이, 그물코를 손질하려 가창오리떼를 거두어 유유히 사라지는
　　손.

　그물이 사라지자 맘 놓고 하늘호수에 얼굴을 내미는
　　별들.

　2

그물코인 가창오리떼를 손질한 손이
거대한 그물을 하늘에
던졌다 당겼다를 반복한다

밤새
손질을 당한 가창오리떼들은
무슨 은밀한 이야기를
갈대들과 나누었을까

별들이 빠져나가지 못할 만큼
그물코가 작지 않는 걸 보면
어느 손이 포획하려는 것이
별들은 아닌 성 싶다

포획하려는 것이
밤하늘의 별이 아니라면
그것은 무엇일까

어느 손이
저 큰 그물로 포획하려는 것이
大鵬이란 말인가

그물코인
수십만의 가창오리떼들이 이룬 그물을
던졌다 당겼다 하는 손은
도대체 누구인가

그렇지,
가창오리떼가 이룬 큰 그물이
바로 大鵬이구나

던졌다 당겼다 하는
보이지 않는 손은
바로 대붕의 날갯짓이구나

살며―시

김 주 대

노란 K마트 조끼를 입은 청년이
주차장 계단에, 먹다 남은 빵조각과
앉은잠을 자고 있었다.

청소하던 아주머니가
세 칸 계단에 묻어 있는 곤한 잠을
쓸지 않고 살며―시 지나갔다.

투명한 손

김 지 연

나는 투명한 손을 가졌다
저녁시간
만원전철에서
나는 사람들의 호주머니를 만진다

얕거나 깊은 호주머니들은
유두나 귀두처럼 조금 들떠 있다

매번 출입문이 열리고 닫힐 때마다
지금 어디라고 안내방송이 나올 때마다
나는 사람들의 다이아 반지나 진주 목걸이가 아닌

심장이나 간

허파를 훔치곤 했다

사람들은 심장이 간이 허파가 없어진 줄도 모르고
졸거나 신문을 보고 있었다

가끔은 가짜 위나
인공 심장을 만지기도 했지만

당신은
당신의 호주머니에
내 투명한 손이 들어 있는지
알지 못한다

북어를 찢는 손이 있어

김 진 완

향불을 피우고
촛불을 켜고 지방을 써 붙이고
간간이 쿨룩쿨룩 기침소리가 끼어들기는 하지만
부정 탈까 그 입을 막는 것도 손이다 제삿날엔 손만 확대
되어 떠다닌다
좌포우혜 홍동백서 나란히 줄을 맞추던 손이 마침내 바
닥에 닿고 모은 손 위에
이마를 얹는 것이다 그리고 또 마침내 촛불을 눌러 끈 손
으로 북어를 찢는 것이다

저 비린 손에는
저 비리고 향내 나는 손에는
저 비리고 향내 나고 불내 나는 손에는
저 비리고 향내 나고 불내 나는 손으로 북— 북— 찢은
북어를 든
손에는 뭔가 출렁, 하는 게 있다 뭔가 출렁하며 뭉클, 하
는 게 있다
북어 너야 모르겠지만 몰라도 되겠지만 보증금 천오백에
이십만 원 월세를

사는 집에 하필 보일러까지 터져서 만삭의 둘째 며느리
가 찬물에 설거지를 하다

음복해라 아유 전 괜찮은데…… 고무장갑에서 꺼내 술잔
을 받는 손에는 뭔가 퉁, 꺼지며

짜안하니 울컥, 치받게 하는 뭔가가 있기는 있는 것이다
북어 너야 눈물 날 일 없겠지만

너야 눈 코 입 죄다 말라 비틀어져서 그렇겠지만 북어 너
야 손이 없어서 그렇기도 하겠지만

거울 여행

김　참

거울 안에 작은 문이 있어 살며시 열어보니 소리 없이 열린
다 문을 통해 거울 속으로 들어가니 거울 안에는 내방을 닮
은 방이 있다 내가 들어온 문이 소리 없이 지워진다 문이
있던 부분을 밀어보니 꼼짝도 않는다 큰일이다 거울 안에
갇힌 것이다 방문을 열어보니 검은 아스팔트다 집으로 돌
아가야 한다 지나가는 사람을 붙잡고 여기가 어디냐고 물
으니 모른다고 대답한다 길 저쪽에서 다가오는 택시를 타
고 버스 터미널에 내려 부산행 표를 달라고 했지만 그런 도
시는 이 나라에는 없다고 한다 이 도시의 이름을 물으니 삼
천포라고 한다 이런, 고향에 와버렸군! 나는 버스를 타고
죽림동 옛집을 찾아간다 버스는 양계장 지나 학교 앞에 멈
춘다 학교를 둘러싼 탱자 울타리는 그대로였지만 학교가
있던 자리엔 울창한 복숭아밭이 있다 햇살이 따가운 복숭
아밭에선 아름다운 여자들이 탐스러운 복숭아를 따고 있
다 여자 한 명이 걸어와 어떻게 오셨냐고 묻기에 나는 죽림
동 707번지가 어디쯤이냐고 물어본다 여자는 어리둥절한
표정을 짓는다 그 마을은 없어진 지 백년도 지났다고 말하
며 손짓으로 옛 마을 쪽을 가리킨다 눈을 돌려 그곳을 바라
보니 마을은 없고 무덤들만 가득하다

고장난 시계

김 추 인

함묵의 문을 밀고 들면
적막한 숲은 따뜻하고
나라는 평안하다
이 나라의 벽에도 긴 벽시계가 있고
시계 속에는 시간이 없다
없다 시계의 불알도 시간의 손가락도
재깍거리는 발자국 소리도

지금 막
〈고장난 시계〉 작은 목간판을 흔들며
2호선 지하철이 숨가쁘게 달려 들어간다
시계 속으로 들어간 일곱 량의 전동차도
쓸쓸한 날의 궁핍한 내 하오도
잃어버린 시간 속에서
잠시 구부린 등을 펴고 행복할 것이다
아무도 부화하지 않아도 좋은
빛나는 잠의
꿈꾸는 집에서

나는 그 집을 안다
우리 동네서 가까운 신대방역 부근에 위치한
〈고장난 시계〉라는 카페
외지인 출입금지―
팻말은 없어도
난 한 번도 그 집을 가보지 못했다

꽃멀미

김 충 규

새가 숨어 우는 줄 알았는데
나무에 핀 꽃들이 울고 있었다
화병에 꽂으려고 가지를 꺾으려다가
그 마음을 뚝 꺾어버렸다
피 흘리지 않는 마음, 버릴 데가 없다
나무의 그늘에 앉아 꽃 냄새를 맡았다
마음속엔 분화구처럼 움푹 팬 곳이 여럿 있었다
내 몸속에서 흘러내린 어둠이 파놓은 자리,
오랜 시간과 함께 응어리처럼 굳어버린 자국들
그 자국들을 무엇으로도 메울 수 없을 때
깊고 아린 한숨만 쏟아져 나왔다
꽃 냄새를 맡은 새의 울음에선 순한 냄새가 났다
그 냄새의 힘으로 새는
사나흘쯤 굶어도 어지러워하지 않고
빽빽한 하늘의 밀도를 견뎌내며 전진할 것이다
왜 나는 꽃 냄새를 맡고 어지러워
일어나지 못하는 것일까 그늘에 누워
올려다보는 하늘에는 구름이 이동하고 있었다
구름이 머물렀던 자리가 움푹 패어,

그 자리에 햇살들이 피라미처럼 와글와글
꼬리를 치며 놀고 있었다
아니, 황금의 등을 가진 고래 한 마리가
물결 사이 출렁거리고 있었다
마흔도 되기 전에, 내 눈엔 벌써
헛것이 보이기 시작하는 걸까
사후(死後)의 어느 한적한 오후에
이승으로 유배 와 꽃멀미를 하는 기분,
저승의 가장 잔혹한 유배는
자신이 살았던 이승의 시간들을 다시금
더듬어보게 하는 것일지도 몰라, 중얼거리며
이 꽃 냄새, 이 황홀한 꽃의 내장,
사후에는 기억하지 말자고
진저리를 쳤다

빙글빙글

김　향

벌 한 마리가 나리꽃 주변을 빙글빙글 돌다가
한 송이 나리에 머리를 처박는다
꽃판이, 치켜든 벌의 꽁지를 빙글빙글 돌린다
꽃과 벌이 기댄 공중 한 귀퉁이가 덩달아 돈다
벌의 다리가 움직일 때마다
꽃잎은 젖혀지거나 구겨진다
꽃은 잎을 착 발린 채 몸을 다 내어주고
벌은 골똘히 꽃의 생각을 파고든다
노란 꽃가루가 재빨리 다리에 들러붙는다

벌이 자주 눈길을 주던 아래쪽 봉오리 하나가
아까보다 조금 더 벌어져 있다

나리꽃은 十方으로 열려 있다

미행

김 현 서

밤이었다
빨간 앵두 같은 피를 뿌리며
누군가 내 뒤를 쫓아왔다
검은 스타킹으로 복면하고
어둠과 신발을 바꿔 신으며
눈썹이 하얗게 쇠어버린 가로등을 흘끔거리며
나를 쫓아왔다
전봇대에
이발소에
성당에
몸을 숨기며
난 너의 모든 걸 알고 있어!
한 발 한 발
일정한 거리로
내 뒤를 쫓아왔다
밤이었다
거머리 같은 밤이었다
도시는 안개의 손에 목이 졸리고 있었다
등골에서 음산한 눈초리가 칼날처럼 진득거렸다

내 몸 속에서 수백 마리 불안이 새끼를 깠다
꼬물꼬물 애벌레처럼
내 손에 들려 있던 박꽃이 떨어졌다
상황은 해명되지 않은 채
이끼 낀 시계는 계속 돌아갔다
내 몸의 살점들이 조금씩 조금씩 떨어져나갔다
밤의 손톱이 자라고
길들이 질질 끌려 다니고
도시의 창문들은 풍경을 먹어치웠다
놀란 새들이 지상으로부터 튕겨나갔다
다급해져 뒤돌아보면
심장 없는 달이
빌딩옥상에서 녹차를 마시고 있을 뿐인데
날개의 피는 멎지 않고
짐승처럼 썩은 입김을 뿜으며
누군가
지금도 누군가
내 뒤에서

물고기의 말

김 형 술

물고기의 혀는 천 개
혹은 달

가만히 혀를 뱉어 모래 속에 묻는
물고기의 모국어는 침묵

끊임없이 물결을 흔들어
날마다 새로운 청은(靑銀)의 바다를
낳아 키우는
물고기 입 속은 꽃보다 붉고

물고기가 묻어놓은 말들 속에서
일어서는 물기둥
뭍으로 오는 힘찬 물이랑
바람

세상에서 가장 큰 말을 가지고도
아무 말 하지 않는
물고기의 혀는 불

물속의 투명한 불꽃

눈 밝은 사자

김 혜 영

1

고대 테베의 뒷골목에서 눈 먼 새들이
거짓 예언을 지껄여대다 흠씬 두들겨 맞았고
고위 관료는 젊은 정부의 사랑에 눈이 멀었고
눈을 뜬 거지들은 돌에 맞아 죽거나
외곽 문둥병자의 동굴로 쫓겨났다

소나무가 줄지어 선
로마 거리를 절뚝절뚝 걸어가는 외디푸스
붉은 손으로 두 눈을 찔러
눈먼 새가 되어서야
자신의 얼굴을 볼 수 있었다

거울은 아무 말이 없다

2

두 눈을 뜨고 있어도

눈 먼 꽃잎이었네

소림사 동굴에서 벽만 쳐다보던 그 남자는
눈꺼풀을 아예 싹뚝 잘라버렸다. 두 눈이
부리부리한 초상화가 벽면 한 귀퉁이에서
날 노려보고, 나는 그를 뚫어져라 응시한다

자신의 눈은 들여다보지 못하고
타인의 눈만 쳐다보는
한심한……

거울이 지친 걸레를 닦는다

3

문득
숨을 헐떡이며 질주하던 외뿔소가
거울 속으로 쳐들어온다

시체처럼 끌려가는 돼지 한 마리
돈을 쫓아 증권거래소를 떠돌다
책가방을 들고 대학의 강단을 오르다가
재즈가 흐르는 코헨 술집에서 술을 마시다가
헝클어진 머리카락으로 된장국을 만들다가
드르렁 드르렁 코고는 남편 옆구리를 쑤시다가
침대에서 떨어져 짜증을 부리다가
식은 밥을 꾸역꾸역 물에 말아먹다가
거울이 있는 방에서 잠이 든다
너무 오래도록 잠이 들어
꿈인지 생시인지도 모르는 잠

안방에 걸린
커다란 눈동자가 나를 깨운다
눈 밝은 사자가 거울 속에서
고함을 친다

거울은
천 개의 귀를 연다

땀 흘리는 풍경

김 화 순

허기진 시간이 오후의 정수리 위를 어른거리고 집을 나
선 사람들 자꾸 어디론가 사라지고 있어요. 긴 침묵의 에스
컬레이터 따라 지하 2층 찜질방에 가면 햇빛 차단한 일상
무뇌아로 누워 있어요. 수족관 관상어처럼 느릿느릿 유영
하는 사람들, 헐거워진 생의 비늘 툭툭, 땀방울로 털어내고
있어요.

생각 익히며 고열의 맥반석방에 누워 있거나 비디오방
촉수 낮은 불빛 아래 가위눌리거나 땀구멍으로 출감되는
젖은 욕망들, 소금방의 암염으로 꾹꾹 눌러 절여요. 눈치
챌 수 없도록 맞물린 정교한 어긋남이 서로에게 편안한 배
경이 되어주는 풍경. 식은 밥 같은 모래시계 속 하루가 공
회전할수록 사람들 꼬리 붉은 방어가 되요.[*]

* 『시경』에 나오는 周南의 시 「汝墳」 중에서 '방어꼬리 붉고/정치는 불타는 듯
  가혹하다' 에서 차용. 방어(백성)는 피곤하면 꼬리가 붉어진다고 한다

77

캣츠아이 5
― 노마 진, 기억 속의 컬트 무비

노 혜 경

나는 오래된 극장에 홀로 앉아 있다

플래시,
흰 스크린이 천천히 어두워지면,
하늘로 치솟는 스커트 자락 사이로 우연히
얹힌 그녀의 얼굴이 보인다. 입술은 애써 열린다. 조그만
소리가 새어나온다. 개미.
나는 바라보는 너희들의 눈동자의 개미!
꽃무늬 스커트의 풍성한 주름이 조금씩 더 젖혀지는 틈
새로 그 작은 개미들은 스며나온다.

알고보면 내 몸은 개미들의 집이었어, 수많은 시선들이
갈갈이 찢어놓은 세포들, 그녀의 열린 입술에
꽃무늬 이빨이 찍힌다, 입을 황급히 다문다, 플래시,

하얀 스커트 자락이 하늘로 하늘로
그녀의 다리가 무참하게 화면 밖으로 끌려나온다
도대체 어떻게 사랑해야 할까, 그 오랜 역사를
얼굴, 잉여의 얼굴, 더 올라가 더 올라가 천장에 이마를

짓찢어
　하늘을 향해 거꾸로 떨어지는 피의 방울이 검은 화면에
구멍을 내는 것을
　남의 일처럼 남의 일처럼

　플래시,
　그녀의 몸은 이제 해체되고 없다, 이렇게
　나를 살해의 동업자로 남기고서
　내 눈동자로 들어온 그녀의 개미가 나를 찌른다, 내 눈물
샘을 막는다

　아, 제발 기억해 줘, 너는 나를 잊었다는 걸
　나는 그냥 개미들의 집일 뿐이라는 걸.
　하늘에 걸린 그녀의 목이 그녀의 다리가
　피의 무지개를 그린다, 캣츠아이 루비, 우주의 눈동자의
핵심!

도고 도고역

류 외 향

거기 역이 있다 한다
지상의 끝에 있을 것 같은 역이
거기 있다 한다

열꽃이 미친 듯이 꽃망울을 터뜨리는 더운 잠에 빠져
내려야 할 곳을 지나쳤거나 지나친 줄도 모르거나
철로의 행선지를 도무지 알 수 없거나
열차를 탄 채 제가 승객이라는 사실을 망각할 때
온몸을 뚫고 들어오는 도고 도고역
그의 魂에 이끌리듯 내려선다 한다
내려서자마자 주춤 발을 물린다 한다
前生의 새벽이 회색 바람에 묶여 와글와글 몰려오고
열차 떠난 자리엔 철로만 남아
수억만 년을 요지부동 엎드려 있었다는
완강한 자세로 철로만 남아
내릴 수는 있어도 탈 수는 없는 도고 도고역

회색 바람을 타고
서릿발 툭툭 털어내며 한 남자 걸어와

잿빛 양복을 펄럭이며 꿈결처럼 걸어와
눈자위 붉게 빛내며
천년만년 같이 살자 말을 건넨다 한다
그 말 하 심상해서
한 남자 소맷자락을 잡고 따라가
눌러 살고 싶어진다고 한다
멀리 드문드문 더운 김을 뿜어내는 산야와
뒤돌아보면 긴 꼬리를 땅 속으로 뻗으며
요지부동 엎드려 있는 시간의 무덤들
약속도 없이 저 혼자 덜컹철컹
문을 열었다 닫는다 한다

거기 역이 있다 한다
生의 기척에 무감해 천근만근 무거운
잠 속에서 장기투숙하고 있을 때
그 역에 내릴 수 있다 한다

늙은 고무장갑

문 숙

손이 빠져나간 홀쭉한 장갑
장독 위에 걸쳐 있다
모든 움직임은 멎은 지 오래
누군가의 빛바랜 껍질
텅 빈 몸을 만져본다
그에게 빚은 독이었다
탱탱하던 전신이 쩐득하다
한 사람을 기억하며 보낸 세월
그만 자신을 허물고 싶은지
쩍쩍 달라붙어 놓지 않는다
제 살점을 헐어
여기저기 붉은 지문을 찍고 있다
물기에 젖어 산 날보다
버려져 말라간 날의 고통을 말하고 있다

날 수 있어, 룩셈부르크를 찾아가

박 상 수

미안, 병에 걸렸어 어제는 외래인 대기실에 앉아 꾸벅 졸다가 돌아왔고 내일은 알 수 없지만 모레도 마찬가지일 거야, 난 그저 19세기 식 백과사전을 펼쳐 놓고 물었던 것뿐인데 선생님이 말해 주었어, 얘, 그런 병은 없는 거고 그래서 모두 너를 미워하는 거야, 넌 내가 마스크를 한 채 모자를 눌러 쓰고 지나가는 걸 본 적이 있지? 난 그저 너를 좋아하는 것뿐인데, 이제 난 말도 못하고 들을 수도 없어, 냉장고에 넣어둔 시계는 잘 돌아가고 있겠지 뱃속이 바람으로 가득 차 멍하니 입이 다물어지지 않아, 너 같은 거, 편의점에 가면 얼마든지 살 수 있다고 말했어야 했는데, 난 죽음을 기다리며 행복하게 사는 소녀처럼 한 번도 대기실을 지나 어디로 가는지 생각해 본 적도 없고, 미안, 이제 마지막 남은 오른쪽 눈마저 퇴화를 시작했어, 난 내가 가진 가장 좋은 것도 너에게 주지 못했는데, 정말 룩셈부르크병에 걸린 걸까?

빈집

박 서 영

댓돌 위에 나란히 놓인 신발 한 켤레,
빨랫줄엔 며칠째 걷지 않은 듯한 옷과 이불,
늦은 봄날 개복숭아 나무의 병실을 떠나
기어코 짓뭉개져가는 꽃잎들,
들어가야 할 곳과 빠져나와야 할 곳이
점점 같아지는 37세,
시간의 계곡을 질주하는 바람,
더 이상 내게 낙원의 개 짖는 소리는 들려주지 마!
내용 없이 울어대는 새 한 마리,

저녁이 검은 자루처럼 우리를 덮는다

山, 山

산과 산이
서로 좋아라 끌안고

내(川)를 흘려
체액을 나누는

기막힌 합방
속

새새끼가
난다

배

박 종 국

어머니가 사준
꺼먹 고무신 한 켤레

그 배를 타고
건너지 못할 강은 없다

까맣게 타버린 어머니 속내말고는,

화투 치는 여자들

박 진 성

늙은 여자들 평상에 앉아 화투(花鬪) 친다

　꽃들은 다투어 피고 다투어 지고 봄인데 바람 불어 난분분 꽃잎 흩날리는데 까르르르르 다투어 공중으로 화투패를 들고
　똥을 쌌다고 이 나이에 아무 데나 아무 때나 똥을 싼다고 웃고 웃고
　흔들었다고 늙은 엉덩일 흔들흔들 몸뻬바지는 헐렁한 경로당 바람 깔고 앉아 들썩이고
　피는 쌍피가 좋다고 사슴피보다 좋다고 햇볕이 수혈 받은 실정맥처럼 바쁘게 평상을 기어다니고 퍼지고 흩어지고
　향기도 없는데 모란에 나비가 앉고 저도 늙고 싶고
　온갖 잡새들이 모여들어 났다 났어 백동전들 알처럼 뒹굴고 치마 속에서 부화하고
　봄바람 머금어 치마는 부풀어 오르고 하늘은 홍단처럼 붉어지고
　꽃들은 지고 피고 자꾸 어두워지고

87

홍성댁 정읍댁 함흥댁 고성댁…… 우리가 잊은 꽃들이여

났고 났고 아라리가 났어도 영원히 뗴이는 어머니들이여

더 어두워지기 전에
읽던 시집 내려놓고
光 팔고 싶습니다

찬드라의 손

박 판 식

진홍빛 스카프와 카나리아를 바꾸어라
은행 출납전표와 모스크바행 열차표를 교환하라
악에 물든 빈민가 소년과 총독의 권총자살을 비교하라
여명, 무산계급의 분홍 구름과 높이가 다른 지붕과 지붕
이 이어놓은
검은 선의 관계를 논하라
현세의 진리는 지금 혼선인가 통화중인가
수화기를 붙잡고 우는 여자의 음성은 잡음인가 절규인가
이번 생애에 당신은 세계의 끝을 보리라고 믿으십니까
오늘 날씨는 무덥고 당신의 담당 산부인과 의사는 권위
적이군요
삼나무 숲은 빌딩의 유리창들 사이에 포위되어 있습니다
턱수염을 깎고 말 네 필이 끄는 마차를 모는
이름 부르기 까다로운 남작이 되고 싶습니다
마르크스주의는 종교입니까 과학입니까
불붙은 채 달려가는 기차, 그 끝은 바다입니까 파멸입니
까
인생 계약을 파기하는 방법은 자살과 타살 두 가지뿐입
니까

승려와 무장 게릴라, 베트남과 대한민국의 공통점은 무
엇입니까

  도서관은 불타도 방직공장은 돌아갑니다

  계몽운동과 개종은 어떤 친화력을 가졌습니까

  아름다운 경치로군요, 오늘은 제 꿈이 실현되는 날입니
다

  디오니소스와 오르페우스가 만나는 희귀한 날입니다

  나는 산으로 둘러싸인 곳에서 태어나 어둠침침한 시력을
가졌고

  당신은 언덕조차 없는 마을에서 태어나 시간의 먼 여행
을 믿는 분이십니다

  최후의 만찬을 꼭 당신과 함께하고 싶습니다

시작법을 위한 기도

박 현 수

저희에게
한 번도 성대를 거친 적이 없는
발성법을 주옵시며
나날이 낯선
마을에 당도한 바람의 눈으로
세상에 서게 하소서
의도대로 시가
이루어지지 않도록 하옵시며
상상력의 홀씨가
생을 가득 떠돌게 하소서
회고는
노쇠의 증좌임을 믿사오니
사물에서 과거를
연상하지 않게 하옵시며
밤벌레처럼 유년을
파먹으며 생을 허비하지 않게 하소서
거짓 희망으로
시를 끝내지 않게 하옵시며
삶이란 글자 속에

시가 이미 겹쳐 있듯이
영원토록
살갗처럼 시를 입게 하소서

자연 · 정령 · 기호

변 의 수

◢ 정령 ; 자연의 기호

자연은 체화되지 않는다. 우리는 뉴런이 생성한 선택된 세계를 인지한다. 뉴런은 자연을 바라보는 거울이다.

의식은 물질과 정신을 유리시킨다. 그러나 자연 속에서 물질과 정신은 정령으로서 하나이다.

정신은 물질의 총화이고, 물질은 정신의 최소화다.

자아는 자연의 기호이다. 자연의 기호로서의 사유는 자연의 거울이다. 자아는 자연의 역동적 표상이고 상징은 자연의 반사작용이다.

인간은 자연의 총아이다.

언어는 자연의 구조와 작용의 반영이다. 우리가 스스로 자연어를 깨치는 건, 자아는 자연의 기호이기 때문이다.

사유는 자연의 반영으로서의 상징이고 정신은 자연의 기호 작용이자 반영이다.

§ 정신 ; 회전하는 기호

동일자는 막힘없는 원환의 구조이다. 시작과 끝이 없는 보행. 그것은 직관과 통찰, 사고의 비약이다.[1]

세미오시스는 사유 즉 상징을 전제한다. 상징의 비의식은 기호를 생성하고 기호는 의식에서 인지된다. 의식은 사유의 스크린이다.

동일율은 모순율로 묶여 있고 모순율은 동일율에 묶여 있다.

상징과 기호는 理와 氣, 정신과 물질이다. 상징[2]은 물질

---

1) '사고의 비약'은 상징기능의 원리이다. 필자의 '비의식' 개념 참조.

에 투사된다.[3] 기호는 동적인 세계를 표상한다.[4] 그것이 우리가 기호를 움직이는 구조물[5]로 이해하는 이유이다.

차이는 운동의 본질이다. 동일성은 운동 즉 차이로서 구현된다. 차이 없는 동일성은 '무'이다. 파르메니데스의 '있음은 있음이요, 없음은 없음이다'는 진리이다.

세계는 시작과 끝이 없는 자동성의 텍스트이다. 자동성의 텍스트는 동일성의 회전하는 기호 우주이다.

제논의 화살은 현재인 듯 현재 아닌 공간을 날아간다. 제논의 화살은 공간의 한 점들을 날아가는 것이 아니다. 운동은 동일률과 모순율로 요약되는 자연의 실체이다.

---

2) 사유 = 상징.

3) 상징은 우리의 사유이고 기호는 그 사유 즉 상징의 표상물이나, 투사적 측면에서 상징은 기호이다.

4) 기호는 홀로그램이다.

5) 시 텍스트는 재귀적 동일성의 세미오시스 현상으로서의 상징을 생성한다.

수학과 형식논리는 질료가 배제된 도식으로서의 상징이다. 시·예술은 유사·동질성의 이미지를 요구한다. 전자는 모순율을 불허하나 후자는 동일화의 이질성을 함유한다.

과학의 기호는 화성에 무인 탐사선을 보내지만 한 불안정한 영혼에 미학적 성찰과 종교적 깨달음을 주지는 않는다.

상징은 자연의 존재 양식이다. 상징 그것은 인간의 사유작용이기 전에 자연의 재능이요 자연의 작용이다.

† 정신 ; 차안과 피안에서

상징과 기호의 세미오시스,
그것은 '세계는 하나'라는 전일적 세계관을 표상하는 '동일성'의 확인이다.

세계와 자아의 동일성은 나와 남에 대한 평형의 관계유

지, 나의 도덕성이 허용된다면 타인을 배려하는 일이다.

투명한 아뢰야식은 연꽃처럼 자비심이 피어나지만 완고한 정령에겐 자기가 자리할 뿐.

연기적 관계항의 무한 미분적 차이의 근원은 다함이 없다. 없는 변화는 없음이요 있음은 진여의 부동자로서의 있음이다.

우리가 직관하는 세계는 하나이며 이를 표상하는 기호역시 하나로서의 동일성의 표상이다. 세계의 동일성은 물적 동일성이 아닌 영적 동일성을 의미한다.

시 · 예술은 그곳으로 소환된다. 동일성에 관한 이해는 영적 존재로서의 확인에 있다. 인간만이 인간을 불행으로부터 구원할 수 있다. 우리만이 우리를 하나로 구원할 수 있다.

↑ 자연 · 사유 · 기호

존재는 일자이다. 그러나, 우리는 일자로서 존재를 인식하지 못한다. 자연은 분리되지 않은 하나이다. 차이는 분리되지 않는 하나로서 현전한다.

동일율은 이질성 속에서 유사성을, 변화 속에서 연속성을, 그리고 그들 속의 근원을 인식하게 한다.

은유는 형식논리의 입장에서는 기만이나 거짓이다. 그러나 모순적 현상의 내부에서 은유는 통일적 사실을 함유한다.

인지의미론은 신화적, 형이상적 존재론에 토대한다. 개념적 사유에 못지않게 은유는 더 깊은 비의식의 자연에 닿아 있다.

동일율은 회전하는 우주 원뿔의 꼭지점이다. 그것은 다양성 속에서 유사성을, 변화 속에서 연속성을, 다양성에 존재하는 통일의 진정한 토대를 찾기를 요구한다.

존재는 공간의 변화이다.

감관은 기호를 표상하고 변화는 상징을 생성한다. 감관과 변화의 인식력은 존재를 이해하는 두 개의 렌즈이다.

기호와 상징은 상보적 수렴으로 하나 되게 한다.

인간이 도구적 동물이라 함은 인간이 기호적 동물임을 의미한다. 인간은 진정으로 기호적 동물이다.

— 장편 「자연 · 정령 · 기호」에서

누우떼가 강을 건너는 법

복효근

건기가 닥쳐오자
풀밭을 찾아 수만 마리 누우떼가
강을 건너기 위해 강둑에 모여 섰다

강에는 굶주린 악어떼가
누우들이 강에 뛰어들기를 기다리고 있었다

그때 나는 화면에서 보았다
발굽으로 강둑을 차던 몇 마리 누우가
저쪽 강둑이 아닌 악어를 향하여 강물에 몸을 잠그는 것
을

악어가 강물을 피로 물들이며
누우를 찢어 포식하는 동안
누우떼는 강을 다 건넌다

누군가의 죽음에 빚진 목숨이여, 그래서
누우들은 초식의 수도승처럼 누워서 자지 않고
혀로는 거친 풀을 뜯는가

언젠가 다시 강을 건널 때

그 중 몇 마리는 저쪽 강둑이 아닌

악어의 아가리 쪽으로 발을 옮길지도 모른다

장진주사(將進酒辭)

성 선 경

  살구꽃 피면 한 잔하고 복숭아꽃 피면 한 잔하고 애잔하기가 첫사랑 옷자락 같은 진달래 피면 한 잔하고 명자꽃 피면 이사 간 옆집 명자 생각난다고 한 잔하고 세모시 적삼에 연적 같은 저 젖 봐라 목련이 핀다고 한 잔하고 진다고 한 잔하고 삼백예순날의 기다림 끝에 영랑의 모란이 진다고 한 잔하고 남도(南道)의 뱃사공 입맛에 도다리 맛 들면 한 잔하고 봄 다 갔다고 한 잔하고 여름 온다 한 잔하고 초복 다름 한다고 한 잔하고 삼복 지난다고 한 잔하고 국화꽃 피면 한 잔하고 기울고 스러짐이 제 마음 같다고 한가위 달 보고 한 잔하고 단풍 보러 간다고 한 잔하고 개천(開天)은 개벽(開闢)이라 하늘 열린다고 한잔하고 입동(立冬) 소설(小雪)에 첫눈 온다고 한 잔하고 아직도 나는 젊다고 한 잔하고 아랫목에 뒹굴다 옛시(詩)를 읽으며 한 잔하고 신명(神明) 대접한다고 한 잔하고 나이 한살 더 먹었다고 한 잔하고 또 한 잔하고 그런데

  그런데
  우리 이렇게 상갓집에서나 만나야 쓰겠냐고
  선배님께 꾸중 들으며 한 잔하고

아직도 꽃 보면 반갑고
잔 잡으니 웃음 난다고
반 너머 기울어진 절름발이 하현달.

회화나무 곁을 지나며

신 덕 룡

해미읍성에서 본다, 대원군의 명(命)으로
머리채를 매단 채 마당 한가운데 서 있던 회화나무를.

눈대중으로 헤아리니 두 아름쯤 되겠다. 이 정도면 가지
마다 한 두 사람 매달고도 끄떡없겠다.

철사줄 자국은 어디에 있나요?
나무 가지를 더듬던 여자가 묻는다.

마음의 병을 몸이 먼저 앓았는가. 가지에 찍혀 있는 자국
은 없고 텅 텅 몸을 비운 줄기만 보였다. 처음에는 아주 작
은 상처로 시작되었으리라. 흠집이 패여 지울 수 없는 자국
이 되고 헐고 삭아 구멍이 되었으리라. 그 자리에 비바람과
눈보라, 무심한 햇살들이 드나들어 드디어는 구멍조차 지
워졌으리라.

글쎄요……, 누구에게나 보이지 않는 구멍이 있어 가만
히 들여다보고 있으면
바람소리 캄캄한 한숨소리

제 입을 틀어막고 흐느끼던 소리
어느 하나 아픈 자국이 아닌 것 없을 터이니
오늘, 회화나무를 바라보는 눈길들 분주하다.
아무 일 없었던 듯 돌아서는
길은 감옥처럼 쓸쓸하고
오랫동안 품고 별러온 이별을 하기엔 딱 좋은 날씨였다.

수목한계선

1.

그대들이여, 북구의 오로라 속을 성큼성큼 내달려 순록
의 무리를 뒤쫓는 설인(雪人)들의 투명한 얼굴을 꿈꾸어 본
적이 있는가. 훅훅 내뿜는 입김만으로도, 안에서 밖으로,
밖에서 안으로, 피가 잘 돌아 온 몸이 얼음처럼 빛나는 수
목한계선의 사람들.

2.

생의 절박한 순간을 빙벽(氷壁) 안에 응결시키며 썰매를
타고, 바람을 타고, 우주를 끌며 온몸으로 설원(雪原)을 밀
고 가는 백색 투혼. 심장이 폭발하는 마지막 지점에서 망치
처럼, 귓속으로 불어오는 내 영혼의 툰드라, 툰드라.

밑줄

신 지 혜

바지랑대 높이
굵은 밑줄 한 줄 그렸습니다
얹힌 게 아무것도 없는 밑줄이 제 혼자 춤춥니다

이따금씩 휘휘 구름의 말씀뿐인데,
우르르 천둥번개 호통뿐인데,
웬걸?
소중한 말씀들은 다 어딜 가고

밑줄만 달랑 남아
본시부터 비어 있는 말씀이 진짜라는 말씀,

조용하고 엄숙한 말씀은
흔적을 남기지 않는 것인지요

잘 삭힌 고요,

쏯의 말씀이 형용할 수 없이 깊어,
밑줄 가늘게 한번 더 파르르 빛납니다

孤山亭

안 상 학

강 건너 날 부르던 그대 눈부신 옷자락도
그대를 기다리던 나의 몸가짐도 구름처럼 흩어졌네
그대나 나나 짧은 웃음으로 만나
강물을 사이 두고 마음 오고 갔건만
오래 전 우리는 없고 그림자로만 남아
나는 강 이쪽에서 우두커니 낡은 집에 기대섰고
그대는 건너 저쪽 노송을 짚고 섰네 아득하여라
그대 구름으로 잠시 다녀가듯 나 여기
한 마리 학으로 잠깐 쉬었다 가리 그대여
산이 외로운 건 이렇듯 높이 솟아
다정한 벗이 없기 때문이리
노송 저리 쓸쓸한 것은 너무 높푸르러
꽃을 가까이 할 수 없기 때문이리

삵

우 대 식

내가 한 마리 삵이 되어
발해만 앞바다를 서성이는 이유는
어디 먼 해조음이 들려오는 탓이다
울지 말고 그만 잠들라는
그 어떤 먼 신호도
울음 소리였다는 것을 아는 때문이다
달 아래
그대 젖가슴으로 찬 손을 천천히 뻗어본다
죽음이란 이런 순간 다가오는 것
내가 한 마리 삵이 되어
발해만 앞바다를 서성이는 이유는
발이 네 개인 때문이다
해변을 달린다
달림, 들림 혹은 울음
모든 것을 받아들이겠다
12월의 해변을 내달려
나의 울음도, 너의 울음도
그대 핏줄 어딘가에 돋아난
푸른 감각이기를 간절히 원할 뿐이다

그대에게 보낸 한 통의 죽간(竹簡)은 받아보았는가
내 입에는 날이 선 이빨이 가득 고여
입을 벌리면 한 마리 삶이 되어
눈 내린 험한 산을 떠돈다고 썼다
기차는 발해만을 떠나 극락강을 지나는 중이다
광포한 노래에는 눈물이 고여 있다고 썼다
너는 읽었는가
모든 근육이 일제히 발이 되어 걸어가는
한 마리 삶,
꽃무늬 발자국이 그대 젖은 분화구를
어지럽게 흩뜨려 놓았을 것이다

해남 땅끝마을
— 이중섭, 〈물고기와 노는 아이들〉

유 수 연

해남 땅끝마을, 어디서 음악소리 들린다 하프에 부딪는 은빛 지느러미 흘러내리는 소리 같기도 하고 아니다 꽃게 발에 걸린 안개비파 소리인 것도 같고 발가벗은 사내아이 고추를 문 꽃게의 장난스런 뽀글거림 같기도 하고 겨드랑이랑 가랑이랑 사이사이 포개지고 겹쳐진 살비듬 문지르는 소리 같기도 하고

땅 끝에 와 닿고 싶었다

여기서 나는 肉囚가 아니다 내가 덮어쓰고 있는 갑각의 사고는 본래 내 것이 아니다 포개고 겹쳐지는 살비듬 문지르는 소리, 손끝 그대 속살 감촉이 지우는 모든 경계, 거기서 퉁겨져 나오는 음악, 수평선을 지운 바다안개가 하프소리 같은 띠를 두르고 있다 그 띠 한쪽을 격하게 당긴다 겨드랑이와 가랑이 사이로 물의 손길을 닮은 물고기와 노는 아이들이 당겨진다 웃음소리 까르륵 까르르르 하프 줄에 부딪친다 갑각의 딱딱함을 뚫고 알몸 細細히 파고드는 미분의 음표들이 절정의 화성이 되는

해남 땅끝마을에 닿았다

나비

유 지 소

솔직히 말하건대, 나는 허물이 없다. 그래서 당신과 나 사이에는 허물이 없다고 말 할 수 있다.

그래서 나는 절대로 나비가 될 수 없다. 그래서, 당신과 나는 나비를 낳을 수 없다.

나비에 대해서 말하자면, 석 달 열흘하고도 열흘은 더 말할 수 있다. 그러나 지금은 허물에 대해서만 말하고 싶다.

사전적 의미로 허물은―살갗의 꺼풀―이라고 말하지. 허물은―잘못, 실수, 과실―이라고 말하지.

입술을 둥글게 오므리고 당신의 귓바퀴를 굴리며 말할 때는―흉―이라고 하지―흉―.

1령 애벌레의 허물이 2령 애벌레를 낳고, 2령 애벌레의 허물이 3령 애벌레를 낳고, 3령 애벌레의 허물이 4령 애벌레를 낳고, 4령 애벌레의 허물이 5령 애벌레를 낳고,

5령 애벌레의 허물이 번데기를 낳고, 번데기의 허물이 나비를 낳고, ……,

……나비는 알을 낳고,

나비는 알을 낳고,

알의 허물이 1령 애벌레를 낳는다.

허물을 따라갔는데, 나비는 허물을 벗지 않는다. 나비는 번데기의 허물을 먹지 않았기 때문이다. 번데기의 허물을 자기의 허물로 받아들이지 않았기 때문이다.
그래서 어른이 되었다. 그래서 어른은 성장이 취소되었다. 그래서 어른은 허물이 생겨도 벗을 줄을 모른다.

애벌레는 허물의 힘으로 자란다. 허물을 벗는 힘으로 자란다. 아니, 허물을 먹는 힘으로 자란다.
갓 태어난 애벌레의 맨 처음 식사는
자기가 방금 벗어놓은 그 허물.
그래서 애들은 허물이 많아도 전혀 부끄러워하지 않는다.

솔직히 고백하건대, 나는 어젯밤에도 허물을 낳았다. 그래서 당신과 나 사이에는 너무 많은 허물이 있다.
그래서 당신과 나는 허물을 키우는 힘으로 산다. 허물이 커질수록 우리는 나비처럼 가벼워진다, 나비 / 나 · 飛 / 나 · 非 /

왜가리는 왜 몸이 가벼운가

이 나 명

왜가리가 물 속에 두 다리를 담그고 멍청히 서 있다
냇물이 두 다리를 뎅강 베어가는 줄도 모르고

왜가리가 빤히 두 눈을 물 속에 꽂는다
냇물이 두 눈알을 몽창 빼가는 줄도 모르고

왜가리가 첨벙 냇물 속에 긴 주둥이를 박는다
냇물이 주둥이를 썩둑 베어가는 줄도 모르고

두 다리가 잘리고 두 눈알이 빠지고 긴 주둥이가 잘린
왜가리가 놀라 퍼드득 날갯짓을 하며
하늘 높이 떠 오른다

아주 가볍게 떠 올라 하늘 깊이
온 몸을 던져 넣는다
냇물도 놀라 퍼드득 하늘로 솟구치다
다시 흘러간다

손금

이 대 흠

안간힘으로 어머니를 쥐었다 논 흔적이다

생일을 맞을 때마다 손금을 본다 놋그릇 냄새가 난다 가뭄
든 저수지 바닥 같다

어머니의 손이 유독 갈라졌던 때가 있었다 검은 금이 가고
더 많은 상처가 생겼다 잔금이 많아졌다 모를 찔 때였다

밤 새워 아버지의 옷을 다렸던 어머니는 보리쌀 삶아두고
무논에 갔다 고춧잎 무쳐 아침을 차렸다 무릎박자를 맞추
며 아버지는 사장으로 가고 젖먹이 동생 업고 어머니는 밭
매러 갔다

벼랑에서 떨어지다가 나뭇가지를 움켜쥔다면 이런 자국이
생길 것이다

강을 건너는 버스

이 미 자

강을 건너는 버스는
아픈 시선을 물 위에 던지게 한다
물보다 먼저 하류에 닿게 한다
고스란히 떨어진 긴 눈길들이 강물에
빛을 뿌리는 아침

만삭의 여자가 버스에 오른다
누가 푸른 자리 하나를 내준다 강물은 출렁이며
양푼 가득 밥 비벼 먹여주고 싶은
얼굴 위에 일렁인다

누구를 밴다는 것
방울뱀이 방울뱀을
낙타가 낙타를
수선화가 수선화를
마음이 마음을 밴다는 것

기미 낀 얼굴이 꽃잎 같아서
흘러내린 머리칼이 꽃대궁 같아서

나는 잠시 시린 눈을 감는다

젖몸살을 앓는 버스가 흔들리며
깊은 강을 건너고 있다

쇠재두루미떼를 따라 날다

이 수 익

쇠재두루미떼가 히말라야산맥 가파른
직립의 고도를 넘어가고 있다
계절을 나기 위해 이동해야 하는 습성,
떼는 대오를 지어 날며 생명의 상형문자를 저 높은
하늘벼랑에 찍고 있다
연회색 날개가 퍼덕이며 소리 내어 읽는 일련의 문장들
이
점점의 약호(略號)가 되어 뿌려지는,
시퍼런 장천(長天)

운명은 이런 것이다 결연함만이 우리를 살게 하거나
혹은, 깨끗이 죽게 할 수 있다
따뜻한 상승기류를 타고 쇠재두루미떼가 날아오르는 동
안에도
어느 순간 폭풍과 난기류가 유령처럼 와락 나타날 수 있
으므로
검독수리의 날카로운 주둥이와 발톱이 그들을 덮칠 수도
있으므로
날갯짓 하나하나는 운명을 건 약속, 물러설 수 없는 길을

바로 지금, 시간의 바퀴에 굴리며 가야 한다

만년의 침묵 하얗게 내뿜는 히말라야산맥
고산준봉 너머로
쇠재두루미떼 행렬이 유랑의 무리처럼 까마득히 물결치
며 날고 있다
새들과 산맥 사이의 공간에, 생사를 건 팽팽한 대치가
서로를 긴밀하게 빨아들이고 있다, 아니, 밀어내고 있다
가깝게, 때로는 멀리 파도치는 그들의 윤무가, 바로 생이
다!

50인치 모니터 화면을 덮고 있는 장대한 백색 풍경
속에서 나는, 멀어져가는 쇠재두루미떼의 날갯짓을 떠받
치고 싶어
기를 쓴다
탁자 위 유리컵이 굴러 떨어지며 소리친다

붉은 봄날

이 영 수

　누구에게도 보여준 적이 없는, 붉은 돼지를 죽인 봄날, 개울가에 흘러내리던 핏덩이, 내 일기장은 붉은 산, 너덜경에 돌 구르는 애기 무덤, 열어젖히고 옹기 독을 닦아 흰 문종이에 싸 안방에 놓았더니 혈죽 피어나 달을 베었다

　온 종일 내 몸에 붉은 열꽃, 환청같이 들리던 돼지 멱따는 소리, 내 일기장은 붉은 황토 흙, 쟁기날에 허연 살들을 뒤집고 튀어나오던 고구마, 삶아서 내게 한 입도 주지 않던 정희, 한밤중에 불러내어 우리는 짚동 사이로 몸을 숨겨 붉은 쥐새끼를 오글오글 낳았다

사라진 입들

이 영 옥

　잠실방문을 열면 누에들의 뽕잎 갉아 먹는 소리가 소나
기처럼 쏟아졌다
　어두컴컴한 방안을 마구 두드리던 비,
　눈 뜨지 못한 애벌레들은 언니가 썰어주는 뽕잎을 타고
너울너울 잠들었다가
　세찬 빗소리를 몰고 일어났다
　내 마음은 누가 갉아 먹었는지 바람이 숭숭 들고 있었다

　살아있는 것들이 통통하게 살이 오를 동안
　언니는 생의 급물살을 타고 허우적거렸고
　혼자 잠실 방을 나오면 눈을 찌를 듯한 환한 세상이 캄캄
하게 나를 막아섰다
　저녁이면 하루살이들이 봉창 거미줄에 목을 매러 왔다
　섶 위의 누에처럼 얕은 잠에 빠진 언니의 숨소리는
　끊어질 듯 이어지는
　명주실 같았다

　허락된 잠을 모두 잔 늙은 누에들은 입에서 실을 뽑아 제
가 누울 관을 짰지만

고치를 팔아 등록금으로 쓴 나는 눈부신 비단이 될 수 없음을 알았다
언니가 누에의 캄캄한 뱃속을 들여다보며 풀어낸 희망과
그 작고 많은 입들은 어디로 갔을까
마른고치를 흔들어 귀에 대면
누군가 가만가만 흐느끼고 있다
생계의 등고선을 와삭거리며
종종걸음 치던
그 아득한 적막에 기대

소금쟁이의 노래

이 윤 훈

물은 유혹, 부드러이 나를 잡아끄는 유혹, 밀치며 나는 팽팽히 그 유혹을 누리는 소금쟁이, 가만히 떠 있거나 재빨리 움직이며 물 위에 춤을 그리는 나는, 가벼움으로 나의 중심을 잡는 나는,

맑은 물은 깊이를 숨기고, 달처럼 떠오르는 돌, 닿으려 하면 내 목을 감싸는 말랑한 손, 황홀한 죽음의 시작, 순간 잔털 속의 공기들이 나를 떠 올리어 나를 깨우고, 떠 있는 낙엽, 죽은 나방과 개미들, 물 위는 풍요로운 소금쟁이의 천국,

물은 늘 내게 깊이를 강요하지만 내가 자유로운 것은 마음을 물 위에 두기 때문, 까닭에 나는 물 위에서 물의 깊이를 누리는 소금쟁이, 물 위에 춤을 그리는 나는, 자유로움으로 나의 중심을 잡는 나는,

내 안의 외뿔소

내 안에도 남들처럼 여러 놈의 내가 살고 있다는 것을 처음 알았을 때는 잠시 혼란스러웠다

몇 마리의 나, 몇 놈의 나, 몇 개의 나, 몇 포기의 나, 몇 자루의 나…… 심지어는 낯 뜨겁게 몇 새끼의 나까지도 내 안에 살고 있었다

아무리 따져 봐도 내 안의 저 많은 나들 가운데 어느 놈이 진짜 나인지 알기 어려웠다

시간에 따라, 장소에 따라 수시로 얼굴을 바꾸는 나를 지켜볼 때마다 나는 내가 싫었다

내가 무슨 카멜레온이라도 되는가 함부로, 제멋대로, 뻔뻔하게, 아무데서나 얼굴을 바꾸게!

한편으로는 이렇게 많은 나를 내가 크게 미워하지 않으며 잘 살고 있는 것이 대견하기도 했다

대견하다니? 정작 대견한 것은 내 안의 또 다른 나 가운데 외뿔소라는 놈이 살고 있다는 것이었다

외뿔을 들이밀며 제 생의 평원을 향해 불쑥불쑥 걸어 나가는 외뿔소라는 놈!

이놈은 인내심과 성실을 상표로 삼아 제게 주어진 역사를 향해 언제나 뚜벅뚜벅 잘도 걸어 나갔다

너무도 느려터진 이놈으로 하여 나는 내 안의 수많은 나와 크게 다투지 않으면서도 그런 대로 잘 살 수 있었다

가끔은 어디서든 불쑥불쑥 제 주둥이를 열어젖히는 놈이 있어 마음이 상할 때도 있기는 했다

내 안의 나와 심하게 다투고는 내 안의 또 다른 나의 목에 동아줄을 걸고 싶어 안달복달하던 내가 얼마나 많았던가

이런 나는 끝내 고통을 견디지 못해 훌쩍 이 세상에서 저 자신을 지워버리고 싶어 우울해하고는 했다

그러니 내가 어찌 내 안의 수많은 나와 잘 놀기 위해 서로를 다독이지 않을 수 있겠는가 내 안의 저 싸가지 없는 나들을!

시간의 불수레를 타고 종종대며 달려가다 보면 더러는 꽤 괜찮은 나를 만날 때도 있기는 했다.

관계 혹은 사랑

이 재 무

못 박는다 벽은 한사코, 들어오는
막무가내의 순애보 밀어내고 튕겨낸다
그러나 망치 잡은 두툼한 손의 고집
벽은 끝내 막을 수 없다
일자무식하게 꽝꽝 박을 때마다 진저리치는
벽, 아주 인색하게 몸 열어 관계 받아들인다
단단한 살 헤집어 가까스로 뿌리내린 자의
저 단호하고 득의에 찬 표정을 보라
벽은 못 품고 살아간다
들어올 때 아퍼서 울던 울음 뒤
생긴 상처 아물면서
못은 비로소 벽의 일부로 살아갈 수 있게 된 것이다
아주 먼 훗날 못은 벽 떠날 날 올지 모른다
그날의 벽은 이제 제 안에 깊숙이 박힌
사랑 내주지 않으려 끙끙 앓으며
또 한 번 검붉은 녹물의 설움 질질 짜낼 것이다

우리 가족사진

이 진 우

둥지로 돌아가는 갈매기 울음 울고
밤은 가깝다
석양이 붉은 수평선을 뒤로 하고 선 가족

우리는 만날 때마다 가족사진을 찍었지만
자세히 살펴보면 꼭 하나가 없다
어디 먼 데를 간 것도 아니고
삐져서 오지 않은 것도 아닌데
결혼을 하고 아이를 낳아
가족사진이 커져만 가는 동안에도
늘 하나가 없다
사진을 찍어야 했던 그 누구
돌아가면서 빠져야 했던 가족사진

하나가 빠져 있는 가족사진을
어머니는 벽에 걸지 않았다

언제 한 번 우르르 사진관에 몰려가서
모두 함께 가족사진을 찍는 게

아버지의 꿈

잘 찢어지지 않는 인연을 타고 난 사람들
그래서 가족인 줄 알았던 사람들이
뿔뿔이 흩어져 사는 오늘

석양이 붉은 수평선을 배경으로 서서
가족사진을 찍는다
하나도 빠뜨리지 않고
퇴색되지도 않게
눈으로 찍고 마음으로 찍는다

아무도 오지 않아도 찍는다

겨울 물오리

이 창 수

밤 강물 위 어린 별들이 떠 있다. 그림자로 뜬 억새꽃 사이에서 바람이 길게 강물을 울어주면 물오리들 깃을 펄럭이며 잔별들 위로 날아온다. 시력이 흐려지는 불빛 멀리 짐차 소리 적막을 걷어주면 잠에서 깬 물고기들 물의 혈관 따라 강물을 거슬러 오른다. 내 어릴 적 추억과 함께 한겨울을 살아온 물오리들 기억의 시베리아에서부터 날아와 강물의 모서리에 날개를 접는다.

고요히 흘러가는 강물도 겨울엔 뼈를 갖는다 그리움이 그리움을 지우는 물결이 세상의 여울을 거쳐 희고 단단한 물의 뼈대를 세운다 지느러미가 되기도 하고 날개가 되기도 하는 물살에 달빛이 부실 때 물오리들 깃털보다 가벼운 물의 뼈에 살을 붙인다.

출렁,
쏜살같이 물고기를 낚아챈
물오리 한 마리
은하수까지 날아오른다

시간의 눈물
― 구들장

이 태 관

습기 없는 생을 건너온 것이 다
네 덕이다
지친 아비의 육신 받아 뉘인 것도
갓 태어난 아이의 울음 들어준 것도
언 발 따뜻이 덮혀
단단한 뼈마디로 자라게 해 준 것도

―길고 긴 시간 온 몸에 불 맞으며
홀로 울었다
차가운 습기가 번지던 여름
그 물기 빨며 다시 또 울었다
뜨거웠던 사랑
다시 나눌 수 있으리란 기다림으로

허물어진 옛집을 들추자
검게 탄 심장들이 쏟아진다
내 아비와 아비 적부터
그 삶 온전히 감싸왔던 뼈마디들

—홀로 떠돌다 어느 날
땅의 온기 받들어
길 잃은 이의 추운 몸 받아 줄
칠성판이나 될까

비는 내리어
제 갈 길 떠나는 검은 피,
시대를 지나는 마지막 한숨처럼
물길에 떠밀려
사라져 가는 것들

대해 속의 고깔모자

이 향 지

섬이다 섬으로 왔다
바람 불면 뱃길이 끊기는 하늬바다 작은 섬
힘센 손이 쥐었다 놓은 것 같은
대해 속의 고깔모자

스스로 찾아든 유배지
자청한 볼모
바다는 뱃길을 끊고 너그럽게 풀어놓는다

모자 위의 햇살은 번철 같다
너무 타서 집적거리지도 않는 에그 프라이

모자 속의 시계는 느리다
　돌담을 기어오르는 담장이넝쿨처럼 느릿느릿 간섭하며
간다
　머리카락 끝에서 발톱 끝까지 흡,착,흡,착, 훑으며 간다
　어느 쪽으로 가나 수평선에 갇힐 것이므로
　반짝이는 수면마다 지나간 것들이나 가득히 펼쳐질 것이
므로

트럭 짐칸을 얻어 타고 곧추선 언덕을 넘는 동안이
풍경과 속도의 궁전이다

궁전 밖에는 해당화
해당화 발등에는 뜨거운 몽돌밭
몽돌밭 위에는 태엽 풀린 시계 하나
파도의 잔소리 듣고 있다

아무리 작은 배도 섬보다 덜 흔들리고
모자보다 신발이 덜 고단하며
죽음보다 삶이 덜 지루하다

그는 왜 믿지 않는 것일까

전 명 숙

내 혀 아래 진주 같은 물고기 알이 가득하다는 거
문어가 혓바닥처럼 위장하고 엎드려 있다는 거
썩은 어금니에 주둥이를 부비는 톱날 상어가 있다는 거
목젖 가까이 고래가 놀고 있다는 거
목구멍 뒤 저 깊은 동굴 속에서
난생설화가 피고 있다는 거
입 안팎으로 날개 달린 물고기가 드나들고 있다는 거
그래서 내 거대한 아가미가 열려 있다는 거
그래서 내가 말할 수 없다는 거

단호한 것들

정 병 근

나무는 서 있는 한 모습으로
나의 눈을 푸르게 길들이고
물은 흐르는 한 천성으로
내 귀를 바다에까지 열어 놓는다

발에 밟히면서 잘 움직거리지 않는 돌들
간혹, 천 길 낭떠러지로 내 걸음을 막는다
부디 거스르지 마라, 하찮은 맹세에도
입술 베이는 풀의 결기는 있다

보지 않아도 아무 산 그 어디엔
원추리 꽃 활짝 피어서
지금쯤 한 비바람 맞으며
단호하게 지고 있을 걸

서 있는 것들, 흔들리는 것들, 잘 움직이지 않는 것들,
환하게 피고 지는 것들
추호의 망설임도 한 점 미련도 없이
제 갈길 가는 것들

뚜벅뚜벅 걸어가는 것들

무료한 날의 몽상

― 無爲集 2

정 숙 자

막대기가 셋이면 〈시〉자(字)를 쓴다

내 뼈마디 모두 추리면 몇 개의 〈시〉자(字) 쓸 수 있을까

땀과 살 흙으로 돌아간 다음 물굽이로 햇빛으로 돌아간 다음 남은 뼈 오롯이 추려

시 시 시 시 시 시시사――

이렇게 놓아다오

동그란 해골 하나는 맨 끝에 마침표 놓고 다시 흙으로 덮어다오

봉분(封墳)일랑 돋우지 말고 평평하게 밟아다오

내 피를 먹은 풀뿌리들이 짙푸른 빛으로 일어서도록 벌레들 날개가 실해지도록…

가지런히 썩은 〈시〉자(字)를 이슬이 먹고 새들이 먹고 구름이 먹고 바람이 먹고…

자꾸자꾸 먹고 먹어서 천지에 노래가 가득하도록…

독을 숨기고 웃었던 시는 내 삶을 송두리째 삼키었지만 나는 막대기 둘만 있으면 한 개 부러뜨려 〈시〉자(字)를 쓴다

젓가락 둘 숟가락 하나 밥상머리에서도 〈시〉자(字)를 쓴다

못 찾은 한 구절 하늘에 있어 오늘도 쪽달 허공을 돈다

저녁 자작나무

정용화

    귀 기울여보면 저녁은 누구에게나 온다네 흘러내리지도 섞이지도 못할 때 저녁은 어둠을 몰고 온다네 늙은 고양이의 굽은 등이 보이면 저녁이라네 어떤 저녁은 몰래 숨어서 오고 창문은 너무 오래 닫혀 있었다네 자작나무는 죽을힘을 다해 땅을 끌고 하늘로 뻗어가고 어두워지면 더 잘 보이는 새도 있다네 가지 끝이 힘겹게 가리키는 곳을 날아가지만 너가 아닌 방향으로만 날아가고 아는 것과 사는 것 사이 꼭 그만큼의 거리에서 결코 나는 네가 될 수 없다네 바람이 불 때마다 너로부터 방목된 내가 흔들린다네 창문은 끝내 열리지 않고 내가 태어나기 전부터 펄럭펄럭 울고 있던 새, 가지 끝에 상처하나 내어 걸 듯 비밀을 말하는 순간 진심은 시들어 버리지 입술 속에는 피우지 못한 고백이 너무 오래 갇혀 있었다네 한 손을 내어주면 화해가 되지만 두 손을 내어주면 용서가 되지 어둠 속으로 사라지기 전, 딱 한번 뒤돌아보는 고양이처럼 빛을 기억한다는 것은 한 톨 쌀에 새겨진 저녁 자작나무만큼 눈시린 일이었네 떠난 사람이 그리워질 때면 저녁이 온다네 귀 기울여보면

은박 접시

정 원 숙

소풍이 너무 좋아, 소풍을 가고 있었어 커다란 트럭에 친구들과 겹겹이 쌓여 어디론가 실려가고 있었어 제기랄, 내 매끄러운 얼굴과 위 아래 겹쳐진 그들의 얼굴이 징그럽게 미끄덩거렸어 너무 좋아, 숨이 막혀 구역질이 올라올 것 같았어 참을 수밖에 제기랄, 난 소풍 간다 너무 좋아, 나는 소풍 간다 수없이 뇌까리는데 바람이 따귀를 갈겼어 너무 좋아, 정신을 차려보니 나는 추락하고 있었던 거야 제기랄, 8차선 도로 위를 날고 있었던 거야 너무 좋아, 태양을 향해 손을 흔들어댔는데 자유를 얻었는데 티코가그랜저가덤프트럭이달려들어도 너무 좋아, 온몸은 주름투성이 어느새 꽉 늙어버린 거야 제기랄, 노란 햇살이 주름의 틈새로 차갑게 파고드는 거야 너무 좋아, 아팠어 의식은 점점 흐려지는데 제기랄, 바람보다 가벼운 이 자유의 무게 그래도 난 소풍이 너무 좋아, 풍장을 치른 내 웃음소리 허공으로 경쾌하게 튀어오르는 게

숲속에서 자라는 문장 4

정 유 화

세상 밖의 긴 끈을 들고
길이 숲속으로 걸어오고 있다
길, 지워버리면 그리울 것 같고
품속에 거두어 넣자니 성가실 것 같아
나는 모르는 채 지난해에 모아둔
가을비를 불러서 싸리나무, 갈참나무
다람쥐 귀에도 뿌리다가
계곡의 허락을 받고 세상 밖으로
나가는 물의 노래, 물 위에 떠 있는
단풍잎의 붉은 노래를 듣고 있다.

그쪽과 저기

노동부관리청사까지는 아직 멀었다
사다리로 족히 사흘은 더 기어올라야 한다
식물원은 더 먼 곳에 있다
멀쩡한 나의 수영실력으로도 한 달은 걸린다
천국이 가까웠으면 좋겠다
술집 드나들 듯 자주 들렀으면 한다
날씨가 나빠지며, 북경에서 피아노 사이는 까맣게 변한
다
달과 식탁 사이도 빨갛다
그들 머리에서 입술까지가 얼마나 멀던지
금문교로 연결되어 있다
나뭇가지에서 핀 구름들은
달콤한가? 새로운 질병을 퍼뜨릴 것이다
길들은 왜, 저렇게 끊임없이
자라나서 뿔뿔이 흩어져야 하는가
꽃밭 위를 지나는 북소리,
악어떼가 헤엄쳐 가고 새들이 뒤를 따른다
벽시계가 걸린 벽과 건너편 벽 사이엔
남극과 북극이 놓여 있고

화분은 조금씩 녹기 시작한다
축구장에 두고 온 축구화,
산꼭대기 신발장에서 찾았다
너와 나 사이의 풍경들, 어디서부터
지워나가야 할까, 이제야 터널 밖에서
노을빛이 밝아온다 아니,
또다시 점점 멀어진다
다리를 건너,

本色

정 진 규

　그는 굴비낚시라는 말을 쓸 줄 안다 그는 죽은 물고기를
살려낸다 그것도 이미 소금으로 발효시킨 짜디짠 조기 한
마리가 퍼들퍼들 낚싯줄에 매달린다 팽팽하다 그는 질문
을 아주 잘하려는 궁리에 골몰한다 생각의 비늘들을 번득
인다 예정된 답변 말고 누구도 모르던 本色을 탄로시킬 줄
안다 이 봄날엔 나무들이 꽃으로 초록 嫩葉들로 本色을 탄
로시키고 있다 하느님의 질문엔 어쩔 수 없이 정답이 나온
다

달의 목련

조 연 호

겨우내 나는 길눈이 어두웠다. 나는 또 詩라는 잘 닫히지
않는 상자를 생각하고 있었다. 해맑은 소년 같던 옆집 고양
이, 끝이 보이지 않는 깊은 우물처럼 평생 바람을 퍼올리던
아카시아숲, 나는 또 病이라는 낡은 산책길을 걸어가고 있
었다. 친구가 남기고 간 화분 속 석회가루들이 잎새 쪽으로
희게 몰려간다. 고즈넉한 자목련과 친족들의 장례와 트럭
폐유의 냄새, 모든 걸 다 숨기기에 이 상자는 너무 거짓말
이 많았다. 소음벽 아래 모인 목련이 용서로 가득 채워진
꽃잎을 꺼낸다. 다만 한 발짝씩 기억에서 발을 옮겨놓았을
뿐인데도, 좌판을 벌이는 노인네의 감자 몇 알처럼 뎅글뎅
글하게 달이 떠오른다. 생명체가 있을지도 몰라, 시력 나쁜
애인은 깊게 패인 쪽의 달이 신비롭다. 전생이 있다면, 그
것이 서로의 열매를 향해 가지를 뻗는 나무의 흔들림이라
면. 목련이 있던 자리에서 한걸음 비껴서서 목련꽃이 핀다.
달의 인력이, 애인의 월경이 목련을 끌어당긴다. 영영 소년
이 될 수 없는 아이와 상자 속의 거짓들은 용서 받아도 깨
끗해지지 않았다.

그리움이라는 짐승이 사는 움막

조 정 인

우후우우우—
헛간 깊숙이서 그 짐승이 앓고 있습니다
앓을 만큼 앓는 것이 차선의 치유라고는 합니다만
그 짐승 밤낮으로 제 병을 울부짖는 한
집은 형편없는 움막일 수밖에요

짐짓 그 짐승 가버리기를 바라기도 하지만
창호를 찢고 방문을 젖히고 울타리를 무너뜨리고
피 묻은 사금파리, 깊은 외침을 뱉으며
아주 나가버리면
움막은 형편없이 주저앉고 말 것임에

어쩌면 한 생이란 것은 간신히
제 병을 쥐어뜯는, 산발한 놈의 털을 곱게 빗질하고
문살을 뜯던 발톱을 깎아
잠재우려는 데 소모되는 세월일 겁니다

온 집이 그리움으로 흔들리다 깨어나는 고적함이란
입가에 묻은 거품을 닦고

방바닥에 떨어뜨린 제 아기를 안아 올리는 여자,
탈진으로 잦아드는
간질을 앓는 질병과도 같아서요

내가 있으리라

조 항 록

먼 훗날 좁은 길목에서 펼쳐보는
그대 추억의 안주머니에
이니셜 같은 몇 조각 파편
불현듯 내가 있으리라
사는 일에 충혈된 그대 외투깃 세우고
남루가 잔뜩 깔린 흐린 길을 돌아보는 순간
그 모든 해찰스런 아픔에 서걱서걱
소금기둥으로 변할 내가
지금 모습 그대로 그대 품에 간직되어 있으리라
추억은 대개 묵을수록 살가워져
얼룩진 슬픔도 닦아내곤 하는 순결한 손길
내가 빚어내는 잔잔한 사실들은
격자무늬 아름다운 꽃을 피워내고
보고 싶어 그대 한번쯤 못내 그리워도 하리라
북구의 짙은 잿빛 하늘이 밀려오는 이 시절
음울한 침엽수림을 지나 작은 호숫가
톱밥난로를 지피며 함께 가슴을 데우거나
북극성과 설레는 교신을 꿈꾸는 오두막
다시 느끼리라 녹슨 시간의 창틀을 문지르며

언뜻 불어오는 빛바랜 바람결 속
얌전히 떨어져내리는 몇 장 나뭇잎으로
평화롭게 내가 있으리라

너무 늦은 시간

주 병 률

용서하게
겨울 하늘을 무연(憮緣)히 휘날리는 하얀 눈들을 용서하
게
사랑을 잃고 더 잃을 것 없이 가난해져서 너에게 전화를
하는 나도 용서하게
고군 산 열도를 지나
심포 앞 바다를 지나
망해사 500년 느티나무를 지나
낡은 포장마차 안 과수댁이 쳐주는 소주잔으로 앉아서
힘이 든다고, 힘이 든다고 말하는 이 미친 겨울바람도 용
서하게
살다보면 때로는 저렇게 굽은 느티나무 등걸 위에 손을
올려놓고도
가끔씩 서로가 따뜻해지는 날이 있다고
대낮부터 불콰하게 젖어서 눈밭에 붉게 갈대로 눕는 과
수댁도 용서하게
십 년을 혼자 모질게 버티고도 아직도 굽은 마음이 있어
서
검게 갯벌로 흐르는 저 진눈깨비 같은 눈물도 용서하게

만경(灣景)이 만경(晚景)으로 맺혀서 불덩어리로 눕던 바다

나는 아직 그 바다의 만경(晚景)을 마저 건너지 못하고

작은 등 하나 기댈 곳 없이 사락거리며 눈이 내리는 저녁

굽은 등으로 누워서 잠들 수 없었던 밤도 용서하게

갈 곳도 없이 헤매던 너의 지난밤도 다 용서하게

고군 산 열도를 지나

심포 앞 바다를 지나

망해사 500백년 느티나무를 지나

사랑을 잃고 더 잃을 것 없이 가난해져서

아직도 무연(憮緣)히 휘날리며 붉은 눈발이 되어 내리는 나에게

너무 늦게 도착하던 시간도 용서하게

짧은 유서도 끝내지 못하고

사랑한 마음을 용서하게

이 추운 겨울을 용서하게

'心' 자 하나 붙들고

주 종 환

1.

엄동설한에 토끼 굴.

토끼냐, 여우냐.

2.

아는 순간,
모르는 것이 다 덤벼드는
정적.

이파리의 뒷장

차 승 호

바람이 부는 날이었는데요 몹시 소란스런 수다 때문에 수다의 진원지인 나무를 보게 됐어요 바람이 불어온다고 태풍일지도 모른다고 즈이들끼리 떠드는 나뭇잎 새봄에 처음 세상 본 것들인데도 용케 태풍을 알고 있던 모양이지요

어릴 때였어요 한 번은 지집애들 고무줄뛰기를 하는 운동장을 지날 때였는데요 누군가 조개탄을 쌓아놓은 창고 뒤에서 숨차게 달려오고 있었어요 뜀박질 시합이라도 하는 걸까요 바람처럼 아니 태풍처럼 달려와 고무줄에 매달린 지집애들 치마를 한꺼번에 말아 올리는 게 아니겠어요, 마릴린 먼로

평소에는 쉬 보여주지 않던 나뭇잎들이 속치마를 들켜버린 마릴린 먼로처럼 치맛자락 말려 올라간 지집애들처럼 눈부신 이파리의 뒷장을 보여주고 있었지요 누군가 봐주기를 은근히 바라느라 저렇게 수다스런 걸까요

바람이 부는 날이었는데요

들판에서 돌아와 어머니는 손을 씻고 있었지요 어머니의 생애는 늘 검게 그을려 있어서 그러려니 했는데요 어머니의 손바닥도 생애처럼 그냥 그러려니 했는데요 정말 마릴

린 먼로의 속치마처럼 치맛자락 말려 올라간 지집애들 그 얼레꼴레리처럼 누군가 봐주기를 기다리는 이파리의 뒷장처럼 희고 환한 게 아니겠어요 그을린 손등과 비교가 되어서 그렇게 보인 것도 같았지만 손바닥은 늘 땅을 짚고 있어서 땅의 기운이 그늘의 미덕이 충만했던 게 아닐까요

바람이 부는 날이면 나는 손바닥을 들여다보는 버릇이 생겼지요

멜랑콜리

채   은

오늘은 구체적으로 아프다 구체적으로 아파서 아침부터 황사비가 내린다 황사비를 바라보며 칭따오 맥주를 마신다 칭따오에선 맥주값이 물값보다 싸다 인생을 탕진하는 건 쉬운 일이다 내가 가장 아름다웠던 시절에는 사랑하는 사람이 곁에 없었다 그녀와 헤어진 지 1,216일이 지났고 아무와 자지 않겠다고 결심한 지 873일이 지났다 결심은 매번 나를 불안하게 만든다 불안은 덜 익은 오렌지처럼 파랗다 미처 청산하지 못한 시간은 대부분 관념으로 남는다 그 사실을 깨달은 건 채 1,012시간이 되지 않는다 그동안 나는 줄곧 쏲中을 바라보았다 쏲中 어디에건 푸줏간의 고기처럼 함부로 저며진 기억들이 축축 걸려 있었다 프란시스 베이컨은 끝끝내 자화상을 완성하지 못했다 아무리 따져 봐도 이번 생은 실패다 예전엔 생의 마지막 순간이 오지 않으면 내가 사랑한 시간이 언제였는지 알 수 없을 거라 생각했다 가끔 쏲中에다 뿌리를 잘못 내린 배롱나무가 새들을 재빨리 빨아들였다 툭툭 뱉곤 한다 다리 밑에서 만난 악사는 오리처럼 뒤뚱거리며 흘러간 가요 500선을 연주한다 이 세계의 모든 것에는 존재의 이유가 있다, 고 또다시 믿고 싶어진다 나쁜 피처럼 달콤한 신념은 내 생을 流轉해 왔고 遣

傳할 것이다 버려야 하는데, 버릴 수 없는 나날들이 백색왜
성처럼 단단하게 식어간다

멧돼지

채 풍 묵

이 나라 입시생은 인간이 아니다 다만 고3일 뿐이다
그래도 푸른 나이 문득문득 주체 못할 힘을 뿜는다
쉬는 시간 복도를 휘젓는 튼실한 줄달음질 바라보아라
식판에 산처럼 쌓인 밥 무너뜨리는 숟가락질 바라보아라
녀석들을 학교 뒷산 아차산 멧돼지라 부르기 넉넉하다
심지어 급식이 배달되는 통로를 향해 돌진한 친구도 있다
인류는 가장 먼저 개를 길들였다 가장 나중 말을 길들였다
오래 길들여진 애완견은 자기도 사람인 양 식구를 자청
하고
기계화된 말들은 천리를 달리고도 말똥 누울 곳이 없는
지금
농경 목축 이래 길들여진 가축 중 가장 친근한 돼지는 그
래도
누구에겐 동전을 누구에겐 자손 번성을 누구에겐 복을
준다
하지만 수업이 졸음에 겨워 시드는 복돼지가 늘어나는
학년 말
우리들의 야성을 위하여 우리들의 건강한 본성을 위하여
나는

길들여진 졸음을 회초리로 깨워서 너는 본래 멧돼지니라 너는

두고 온 선사 시대 들판을 찾아가라 내몰기 일쑤인 것이다

금년에도 멧돼지가 도심 곳곳 출몰한다는 소식이 들린다

처음 호프집에 나타나 맥주를 어설프게 청하다 쫓겨났다더니

전화국 뒤 강변 도서관 앞 여학교 밖에서 쿵쿵거리기도 했단다

북한산 아차산 등지에 서식하는 멧돼지의 개체가 늘어나면서

내가 깨워 보낸 졸음들이 푸른 지구의 나이를 거슬러 가는 길에

좌충우돌 쿵쿵 세상에 숨겨진 고구마를 캐는 현상이라고도 한다

자장면 배달은 상징찾기이다

주소가, 안성군 대덕면 소현리 122로 되어 있는 우리 집은 전화도 혼선 없이 걸려오고 번지수 없이 편지도 잘 들어오지만, 유독 자장면 배달만은 애를 먹는다 전형적인 시골 풍경인 우리 동네는, 읍내와 통하는 길이 넓게 뚫려 가끔 자장면 배달을 시키는데 거기 위치가 어디쯤이냐고 물을 땐 앞이 캄캄할 정도로 난감하다 어떻게 말해야 하나, 몇 번 설명하다 보면 이골이 나 뺄건 빼고 보탤건 보태가며 요령이 생길 텐데 이건 갈수록 더듬거린다

우리 집은 동네 입구에 들어서면 보이는 첫 번째 집도 아니고 수령 이백년 된 은행나무집도 아니고 마을회관 옆이나 뒤도 아닌 평범한 나무대문집이다 대문 안에 들어서면야 커다란 사철나무가 있고 자세히 들여다보면 열 가지가 넘는 붓꽃이 자라고 있지만 자장면 배달은 대문 밖의 일이다 이름이나 번지수가 아닌 표시를 대라고 성화다, 아직 신이 오르지 않아 깃발도 꽂지 못하고 아들이 없어 농구대도 세우지 못한 나는, 우리 집 지도를 그릴 길이 막막하다 길이 없다

비 오는 날, 대문 밖에 나가 무슨 깃발처럼 두 팔을 흔들어 배달된 불어터진 자장면을 먹으며 내가 누구에게든 하나의 상징이 될 수 있을까 생각해 본다

무중력 스웨터

최 규 승

여자는 식탁을 풀어 뜨개질을 시작한다
짙은 갈색의 스웨터
식탁이 풀리자 그릇들이 허공에 둥둥 뜬다
가슴둘레는 다른 색이 좋겠어
풀리는 야채그릇
스웨터의 가슴둘레는 파란색으로 강조된다
김치그릇의 끝을 당겨 스웨터의 가슴에
붉은 새를 한 마리 짜넣는다
두 팔과 목을 짤 실이 부족해
결국, 여자는 몸을 푼다
발끝을 당겨 뜨개질을 계속한다
다리와 엉덩이, 배와 등, 가슴이 풀리자
여자의 남은 몸뚱어리는 손과 머리
아직 스웨터는 완성되지 않는다
머리로는 뜨개질을 할 수 없지
여자는 얼굴을 풀어나간다, 이어 팔을 푼다
손목이 풀릴 때 스웨터는 완성된다
허공에 떠 있던 여자의 두 손이 뜨개바늘을 놓고
스웨터를 내게로 가져온다

허공의 스웨터가 나를 집어넣는다
내 몸이 들어가자 스웨터는 가방을 들고 밖으로 나간다
어느새 여자의 두 손은 떠 있는 그릇들 사이에서
가볍게 흔들리며 스웨터를 배웅한다

이른 아침, 거리에는
형형색색의 스웨터들이 떠다닌다

등단 이후

한 명 희

시인 되면 거 어떻게 되는 거유
돈푼깨나 들어오우

그래, 살맛 난다.
원고 청탁 쏟아져 어디 줄까 고민이고,
평론가들, 술 사겠다고 줄 선다.
그뿐이냐.
베스트셀러 되어 봐라.
연예인, 우습다.

하지만
오늘 나는
돌아갈 차비가 없다.

冬柏에게

마침내 푸하!
터트린 저 붉은 꽃송이가
알고 보면 남몰래
헉헉거리며 앓다 앓다 터져버린
꽃의 심장일 수도 있습니다 참다참다
단말마적으로 내지른 비명, 그 순간
맞이한 죽음의 얼굴일지도 모릅니다

이럴 때
아름답다는 형용사는 얼마나
잔인한 것입니까 나는 차마
그 말을 못하겠습니다 弔燈처럼
걸려 있는 꽃 앞에 머리 조아리며
단정하게 단추라도 채운 뒤에 이왕이면
한바탕 號哭이라도 하고 싶습니다

현관 앞에 동백이 한겨울 내내
生과 死의 문고리를 잡고 안간힘 쓸 때
나 아무런 생각 없이

이승 쪽의 문을 왈칵! 열기도
했고 때로는 저승 쪽의 문을 벌컥!
열기도 했습니다

생각하면
참으로 죄송한 일입니다 동백에게

환멸

함 기 석

역을 바라본다 권태롭다
공항을 바라본다 권태롭다
백화점을 바라본다 권태롭다
고가도로를 바라본다 권태롭다
동서남북을 바라본다 동서남북에서 권태가 몰려온다
상하좌우를 바라본다 상하좌우에서 권태가 몰려온다
과거로 도주해 현재를 바라본다 미래에서 권태가 몰려온
다
권태는 하얀 수의를 걸친 장의사다
권태는 하얀 성기가 달린 매춘부다 어머니다
권태는 하얀 붕대를 감은 미이라다 아버지다
장의사가 들고 오는 관이다
매춘부가 들고 오는 칼이다 콘돔이다
미이라가 차고 오는 시계다 구두다
다다는 총을 들고 거울의 방으로 도주한다

제1의 마네킹이 수음한다 심장에 칼을 꽂고
제2의 마네킹이 수음한다 대리석관에 누워
제3의 마네킹이 수음한다 디지털시계로

제4의 마네킹이 수음한다 구두를 먹으며
제5의 마네킹이 수음한다 거대한 콘돔을 뒤집어쓰고
다다는 방에서 의자가 수음한다
다다는 구름이 옷장을 수음한다
다다는 태양을 시계가 수음한다
다다는 거울이 권총으로 수음한다
제6의 마네킹의 관자놀이를 사살한다
제7의 마네킹의 심장부를 사살한다
제8의 마네킹의 하복부를 사살한다
제9의 마네킹의 성기를 사살한다
아버지를 사살하고 어머니를 사살한다
어머니의 어머니의 어머니를 사살한다
무한수로 복제되는 무한수의 마네킹을 사살한다
두려워하는 마네킹을 두려워하며 사살한다

혀 달린 구름 하나 죄의 창가에서 웃고
거울 속에선 거울 속에선
불사(不死)의 마네킹들이 두려운 피를 흘린다
총을 쏘며 차례차례 거울 밖으로 걸어나온다

다다는 방에서 책상이 도주한다
다다는 공포가 물리학 서적들이 도주한다
비명하며 비명하며 백색 환멸의 광장으로 도주한다

즐거운 오독(誤讀)

홍 일 표

길가에 쪼그려 앉은 허리 접힌 노파,
옆을 지나다 팔고 있는 물건을 힐끔 바라본다
가물치, 가물치 새끼다
순간, 길이 꿈틀 한다
걸음을 멈추고 가까이 가서 본다
플라스틱 바구니엔 쪼그라든 가지 몇 개,
길가의 코스모스가 살랑살랑 웃으며 고개를 흔든다
가지와 가물치 사이를 오가는 동안
길은 저만치 흘러가고,
나는 사라진 가물치를 찾는다
눈 깜짝할 사이 가지가 가물치로,
가물치가 가지로, 그렇게 전생과 후생을 다 살았다
산 위에 걸터앉은 해는
취한 눈으로 이승 너머를 기웃거리고,
나는 어느새 개망초 위를 날아가는 한 마리 잠자리였다